Die drei ???®

Die drei ???®

Schwarze Madonna

erzählt von Astrid Vollenbruch

Kosmos

Umschlagillustration von Silvia Christoph, Berlin
Umschlaggestaltung von Aiga Rasch, Leinfelden-Echterdingen

Bibliografische Information der Deutschen Bibliothek
Die Deutsche Bibliothek verzeichnet diese Publikation in der Deutschen Nationalbibliografie; detaillierte bibliografische Daten sind im Internet über http://dnb.ddb.de abrufbar.

KOSMOS Postfach 10 60 11
D-70049 Stuttgart
TELEFON +49 (0)711-2191-0
FAX +49 (0)711-2191-422
WEB www.kosmos.de
E-MAIL info@kosmos.de

Dieses Buch folgt den Regeln der neuen deutschen Rechtschreibung.

ISBN-13: 978-3-440-10443-9
ISBN-10: 3-440-10443-5

Redaktion: Martina Zierold
Produktion: DOPPELPUNKT Auch & Grätzbach GbR, Leonberg
Printed in the Czech Republic / Imprimé en République tchèque

Die drei
???®
Schwarze Madonna

Glitter & Dust

»Schnell, Bob! Da vorne! Ach – nein, zu spät.«
»Aber da drüben! Nun mach doch!«
»Nein – da steht schon einer. Verflixt! Ich habe doch keine Lust, meilenweit durch diese Hitze zu laufen!«
»Ich fasse es nicht! Wie hat der sich denn hingestellt? Da wäre für drei Autos Platz gewesen!«
»Da! Bob, da hinten wird einer frei!«
»Wenn ich eins hasse«, erklärte Bob Andrews seinen beiden Freunden und Detektivkollegen Justus Jonas und Peter Shaw, »dann eine Parkplatzsuche mit euch beiden im Auto. Könnt ihr vielleicht endlich mal die Klappe halten?«
»Wir wollen doch nur helfen«, sagte Peter. »Da! Jetzt haben wir wieder einen verpasst! Allmählich habe ich das Gefühl, dass ganz Kalifornien heute nach Carino Beach will – und dabei fängt das Festival erst morgen an, und das hier sind bloß die Wagen der Händler.«
»Halb Kalifornien ist mir auch schon zu viel. Ist noch was zu trinken da, Just?«
Justus setzte die Wasserflasche ab und versuchte, nicht allzu schuldbewusst auszusehen. »Äh ...«
»Na toll. Ich verdurste, und du –«
»Da!«, rief Peter, warf sich nach vorne und packte Bobs Schulter, so dass der fast das Steuer verriss. »Da vorne! Schnell!«
In gefährlicher Schräglage schaukelte der VW Käfer in die Parklücke, ganz knapp vor einem zerkratzten grünen Ford, dessen Fahrer wütend mit der Faust drohte und sich dann an der endlosen Schlange parkender Autos vorbei weiterquälte. Die drei Detektive stiegen aus, dehnten und reckten sich. Fast eine Stunde lang waren sie die Silver Canyon Road hinauf- und herun-

tergefahren. Das Carino Beach Glitter & Dust Festival lockte jedes Jahr eine Woche lang Tausende von Touristen und Einheimischen an, und schon Tage vorher kamen Trödler, Schausteller und Kleinkünstler in die kleine Küstenstadt im Süden von Los Angeles, um sich die besten Plätze zu reservieren. Auch Justus' Onkel Titus Jonas, der weiter nördlich an der Küste in Rocky Beach einen gut gehenden Gebrauchtwarenhandel führte, ließ es sich nicht nehmen, hier für ein paar Tage seinen Stand aufzubauen, und die drei Detektive hatten versprochen, ihm am Wochenende beim Verkauf zu helfen. Sie schnappten sich ihre Taschen und marschierten los.

Sie hatten noch ein gutes Stück weit zu laufen, bis sie an die Abzweigung kamen, die von der Silver Canyon Road nach Carino Beach führte. In der kalifornischen Sommerhitze war die Wanderung auf dem heißen Asphalt kein Vergnügen, und alle drei waren völlig nass geschwitzt, als sie den Ort endlich erreichten.

Auf den Straßen war schon einiges los. Rechts und links waren Marktstände aufgereiht, deren Besitzer ihre Waren aus großen Kisten auspackten und dekorativ aufbauten. Da gab es Stände mit Kunsthandwerk, afrikanischem Spielzeug, mexikanischen Decken, es gab Gameboys, japanische Comics, Musik-CDs, Kleidung, alten Trödel, Möbel, Schreibmaschinen, Bücher, Surfbretter und Glaswaren, und überall dazwischen fanden sich Essensstände mit Angeboten aus jeder Kultur der Welt. Die Vielvölkerstadt Los Angeles war in allen Hautfarben, Altersstufen und Bevölkerungsschichten vertreten. Dazwischen gingen Polizisten Streife, um die üblichen Handgreiflichkeiten und Diebstähle einigermaßen im Zaum zu halten. Eine Gruppe mittelalterlich gewandeter Spielleute zog durch die Straßen, machte akrobatische Kunststücke und spielte auf Flöten und Trommeln. In der Ferne wurden die Gerüste für ein Riesenrad, eine Achterbahn und einen Jahrmarkt aufgebaut. Bob kam aus dem Fotografieren gar nicht mehr heraus und hatte den ersten Film schon voll geknipst, bevor die drei auch nur den Strand erreicht hatten.

Der Pier von Carino Beach sah aus wie eine Brücke, die auf unzähligen Holzpfeilern aufs Meer hinausragte und nach hundert Metern abrupt endete, als hätten die Brückenbauer plötzlich eingesehen, dass sie den Pazifik auf diese Weise nicht überqueren konnten. Natürlich war das nicht die Absicht der Erbauer des Piers gewesen. Er diente als Ausgangspunkt für Touristenfahrten, Angelplatz, Anlegestelle für die Boote der Küstenwache und während des Festivals auch als weitere Standfläche für die Händler. »Da hinten ist unser Stand!«, rief Justus. »Onkel Titus hat tatsächlich noch einen Platz auf dem Pier erwischt!«

»Bist du sicher?«, fragte Peter. »Auf diese Entfernung kannst du doch gar nicht erkennen, ob das wirklich unser Stand ist.«

»Doch, ich erkenne nämlich die Fahne, die darüber weht. Warte, bis der Wind umschlägt.«

»Tatsächlich!« Bob lachte. »›Gebrauchtwaren Titus Jonas‹. Dein Onkel ist schon ziemlich pfiffig.«

»Eigentlich war es ja meine Idee«, sagte Justus. »Allerdings hatte ich einen Fesselballon vorgeschlagen. Damit wäre unser Name über den ganzen Markt hinweg sichtbar gewesen – eine ausgezeichnete Werbung für unser Gebrauchtwaren-Center.«

»Bescheiden wie immer, unser Erster«, spottete Bob, aber er war doch beeindruckt. »He, seht euch mal den Strand an – das reinste Zeltlager!«

Ein Absperrband trennte einen etwa hundert Meter breiten Streifen vom Rest des Strandes mit seinen Sonnenschirmen, Strandkörben und Surfbrettern. In diesem Bereich waren Dutzende von Zelten aufgebaut. Dazwischen brannten trotz der Sommerhitze kleine Lagerfeuer.

»Die kriegen aber nasse Füße, wenn die Flut kommt«, sagte Bob.
»Ist doch angenehm bei dieser Hitze.« Sehnsüchtig schaute Peter zu den hohen Wellen hin, die sich schäumend am Strand brachen. »Verflixt, warum habe ich bloß mein Surfbrett nicht mitgebracht!«
Justus begann: »Weil wir versprochen haben –«
»– deinem Onkel zu helfen. Jaja, ich weiß schon. Los, Erster – da hinten ist ein Eisverkäufer. Da du das Wasser ausgetrunken hast, ist es nur recht und billig, wenn du deine verschmachtenden Kollegen mit einem Riesenbecher entschädigst.«
Justus, der sowieso an keinem Eisstand vorbeigehen konnte, versuchte gar nicht erst zu widersprechen. Während Peter und Bob sich auf dem Pier aus dem Gedränge zurückzogen und ans Geländer lehnten, machte er sich auf den Weg. Mit drei Eisbechern in der Hand kam er zurück und schob sich durch die Menge. Er hatte Peter und Bob fast erreicht, als ihn jemand anrempelte und heftig beiseite stieß. Justus stolperte, verlor das Gleichgewicht, ruderte mit den Armen und und ließ alle drei Eisbecher fallen. »Passen Sie doch auf!«, schrie er wütend.
Der Mann, der ihn angerempelt hatte, drehte sich kurz um und Justus schrak unwillkürlich zurück. Von hinten hatte der Kerl ganz normal ausgesehen – dunkle Haare, helles T-Shirt, Jeans, braun gebrannt und kräftig. Aber vor dem Gesicht trug er eine weiße Clownsmaske aus Plastik mit roter Nase. Das breite, erstarrte Grinsen hätte in einer Zirkusmanege lustig ausgesehen, aber hier wirkte es nur völlig fehl am Platz.
»Sie haben mich angerempelt!«, rief Justus. »Jetzt bezahlen Sie mir auch das Eis!«
Der Mann antwortete nicht. Er starrte Justus nur aus kalten, blassen Augen an; dann drehte er sich wortlos um und ging weiter. Drei andere Männer folgten ihm. Zwei waren ebenso

groß und kräftig wie er, einer war etwas kleiner und schlanker. Alle drei trugen Clownsmasken zu völlig unauffälligen T-Shirts und Jeans.

»Warten Sie!«, schrie Justus ihnen nach, aber sie kümmerten sich nicht um ihn. Wie Eisbrecher schoben sie sich durch die Menge, und wer nicht schnell genug auswich, wurde ebenso unsanft weggestoßen wie Justus.

Peter und Bob waren jetzt bei dem Ersten Detektiv angelangt. Im heißen Sand zerfloss das Eis zu einer unappetitlichen, klebrigen Soße, und schon schwirrten die ersten Wespen heran. »So eine Schweinerei!«, schimpfte Peter. »Na schön, holen wir uns ein neues Eis.«

»Ich nicht«, sagte Justus. »Mein Geld ist alle.«

»Ich hab noch was«, sagte Bob. »Und es war ja nicht deine Schuld. Kommt, ich lade euch ein.«

Sie stellten sich wieder am Eiswagen an. »Was waren das bloß für Kerle?« Justus warf einen Blick in die Richtung, in der die vier Männer verschwunden waren. »Lustige Clowns waren das nicht, so viel steht fest.«

»Ist jetzt wieder unser kriminologischer Scharfsinn gefragt?«, spottete Peter. »Können wir nicht einmal einen Tag Urlaub vom Detektivdasein haben, Just – wie alle anderen auch?«

»Ich würde es eben gerne wissen.«

»Ach was! Die gehören bestimmt zu dem Jahrmarkt da hinten und hatten einfach ihre Kostüme noch nicht angezogen.«

»Das Festival hat ja noch nicht angefangen«, sagte Bob. »Für diese Leute ist es wahrscheinlich einfach nur Arbeit, kein Spaß. Und ich möchte bei dieser Hitze auch nicht unter einer Plastikmaske stecken!«

»Schon«, sagte Justus, »aber wenn ich hier arbeiten würde, würde ich zuerst das Kostüm anziehen und nicht so eine stickige Plastikmaske, unter der man sich totschwitzt.«

»Stimmt auch wieder.« Peter grinste. »Lauf ihnen doch nach und frag sie.«
»Ha, ha. Bei dieser Hitze kann ich nicht mal einatmen, ohne Schweißausbrüche zu bekommen. Da fange ich ganz sicher keine Verfolgungsjagd an.«
Sie bekamen ihr Eis, Bob bezahlte, und dann machten sie sich auf den Weg zu Onkel Titus' Trödelstand auf dem Pier.
Es war seltsam, die vertrauten alten Kühlschränke, Schaufensterpuppen, Bücherkisten, Gemälde, Lampen und all den Kram aus dem Gebrauchtwaren-Center hier auf dem Pier von Carino Beach zu sehen. Titus Jonas, ein kleiner Mann mit einem großen schwarzen Schnurrbart, verschwand fast hinter seinen Gerätschaften. Er war nur mit einer ausgebeulten alten Jeanshose und Sandalen bekleidet – eine Nachlässigkeit, die ihm zu Hause einen gewaltigen Rüffel seiner Frau eingebracht hätte. Aber Tante Mathilda war fünfzig Meilen entfernt in Rocky Beach, und Onkel Titus befand sich in seinem Element. Im Augenblick drehte er gerade eine abscheuliche alte Stehlampe mit einem gelbgrün gestreiften Schirm in den Händen und pfiff dabei vergnügt vor sich hin.
»*Titus* Jonas!«, rief Justus im exakten Tonfall seiner Tante, und der kleine Mann fuhr schuldbewusst zusammen. »Du sollst doch Sachen *ver*kaufen, nicht kaufen!«
»Ach, du bist das!«, sagte Onkel Titus. »Was fällt dir ein, mich so zu erschrecken? Hallo, Peter und Bob! Guck dir doch mal diese herrliche Lampe an, Justus – das ist echter englischer Jugendstil. Ich verstehe nur nicht, warum man den Fuß lila angestrichen hat. Das müsst ihr euch demnächst unbedingt mal vornehmen, Jungs.« Zweifelnd betrachtete er seine Neuerwerbung. »Ich glaube, es ist eine *besonders* haltbare und klebrige Farbe.«
»Da hat dich doch einer übers Ohr gehauen, Onkel Titus.« Jus-

tus nahm ihm die Lampe ab, drehte sie um und untersuchte die drei Löwenfüße, die den langen Stiel trugen. »Made in Taiwan 1972. Echter englischer Jugendstil?«

»Ein echtes Jugendstil-Imitat«, sagte Onkel Titus und war nicht im Geringsten erschüttert. »Ich habe nur drei Dollar dafür bezahlt und weiß auch schon genau, an wen ich sie weiterverkaufe. So, Jungs, genug geredet. Gut, dass ihr hier seid! Ich brauche unbedingt etwas zu trinken und habe vorhin einen Freund gesehen, mit dem ich kurz etwas besprechen möchte. Baut hier schon mal die Sachen auf – ich kann beim besten Willen keine sechs Kühlschränke durch die Gegend schleppen.«

»Ich habe dir schon öfter gesagt, du könntest Patrick und Kenneth aus Irland zurückholen, Onkel. Sie würden bestimmt gerne kommen.«

Bei der Erwähnung seiner beiden früheren Gehilfen senkten sich die Spitzen von Onkel Titus' Schnauzbart und er seufzte. »Die haben doch längst ihr eigenes Geschäft dort drüben, Justus. Aber ich lasse mir schon etwas einfallen und ihr drei seid ja nun auch alt genug, um sie würdig zu vertreten.« Die Bartspitzen hoben sich, als er sie anstrahlte. »Bis nachher, Jungs!«

Peter wartete, bis Justus' Onkel außer Hörweite war, bevor er sagte: »Alt genug, um sie zu vertreten! Toll! Alt genug, um sich bei dieser Hitze totzuschuften, meint er wohl!«

»Nicht zu ändern«, seufzte Justus. »Fangen wir an.«

Mühsam reihten sie die Kühlschränke nebeneinander auf, stapelten den übrigen Trödel werbewirksam darum herum und waren bald völlig durchgeschwitzt. Einige Händler schlenderten vorbei, sahen drei halbwüchsige Jungen und witterten leichte Beute – aber gegen Justus' schlagfertige und wortgewandte Verkaufsreden kamen sie nicht an. Noch bevor der Markt offiziell eröffnet war, hatte Justus schon vierzig Dollar eingenommen.

Langsam sank die Sonne dem Meer entgegen. Die Flut stieg und die Sonnenschirme und Strandkörbe wurden weggeräumt. Auf dem Pier gingen die ersten Lampen an und die Lagerfeuer unten in der kleinen Zeltstadt gaben dem Carino Beach eine ungewohnte, fast heimelige Atmosphäre. Die drei Detektive versorgten sich mit Tacos, Hamburgern, Donuts und Getränken und machten es sich mit ihren Schlafsäcken in ihrer Burg aus Kühlschränken und Trödel bequem. Sie unterhielten sich eine Weile, bis es in ihrer Nähe plötzlich laut wurde.
»He!«, sagte Bob. »Was ist denn da los?«
An einem der Stände kam es zu einer Rangelei. Vier Männer drangen auf den Händler ein, einen jungen Mexikaner, der bis zum Geländer zurückwich.
»Das sind die Clowns von vorhin!«, rief Peter. Die drei ??? sprangen auf. Auch andere Händler wurden aufmerksam. Aber bevor irgendjemand etwas unternehmen konnte, kippten zwei der als Clowns maskierten Männer den Tisch des Trödlers um. Bücher, Zinnfiguren, Inlineskaters, Puzzlespiele und bunte Porzellanteller gerieten ins Rutschen. Der Mexikaner stieß einen Schrei aus und versuchte seinen Tisch festzuhalten, aber die anderen beiden Männer hielten ihn zurück. Der Tisch fiel um, krachte gegen das Geländer des Piers, und der gesamte Trödel rutschte hinunter. Einige Stücke krachten auf den Pier und zerbrachen, aber der Rest stürzte fünf Meter tief ins Wasser. Die Maskierten bogen sich vor Lachen – und dann packte der Größte der Männer den Händler und hob ihn scheinbar mühelos hoch. »Du hängst an deinem Zeug, was? Dann geh und hol es dir!« Und er schleuderte ihn über das Geländer. Mit einem Aufschrei stürzte der junge Mann nach unten und verschwand mit einem lauten Klatschen im Meer.
Justus, Peter und Bob, die der kurzen Szene entsetzt zugesehen hatten, stürzten zum Geländer. Tief unten trieben ein paar

Puzzlespiele und Figuren im dunklen Wasser. Die Wellen schlugen gegen die Holzpfeiler des Piers. Der junge Mann war verschwunden.
Und er tauchte auch nicht wieder auf.

Der Held von Carino Beach

Im nächsten Moment waren die vier Männer auf und davon und Peter kletterte auf das Geländer. Justus griff nach ihm, um ihn zurückzuhalten, aber er riss sich los und sprang. Mit einem Klatschen tauchte er ins Wasser ein, das ihm nach der Hitze auf dem Pier eiskalt vorkam. Der Schock nahm ihm kurz den Atem, dabei war das Meer hier höchstens fünf Meter tief und eigentlich recht warm. Er öffnete die Augen und schaute sich im dämmerigen Wasser um. Im Sand unter ihm lagen einige Gegenstände vom Stand des Trödlers, aber der junge Mann selber war nirgends zu sehen. Peter tauchte auf. Dicht neben ihm klatschte ein Rettungsring aufs Wasser und verfehlte seinen Kopf nur knapp. Er hielt sich daran fest und schaute sich um, während er kräftig gegen die Wellen anschwamm, um auf der Stelle zu bleiben. Hoch über ihm sah er die Köpfe seiner Zuschauer. Jemand rief nach der Polizei und der Küstenwache.

»Justus!«, schrie er nach oben. »Bob! Könnt ihr ihn sehen?«

»Nein!«, rief Justus zurück, und Peter tauchte wieder ab. Ein Schwarm silbriger Fische schoss davon und verschwand im dunklen Schatten zwischen den Holzpfeilern des Piers. Da! Da war doch eine Bewegung! Peter schaute genauer hin und sah gerade noch eine Gestalt in den Schatten verschwinden.

Er tauchte auf, griff nach dem Rettungsring und zog ihn hinter sich her, als er zu den Pfeilern hinschwamm. Die Wellen warfen ihn immer wieder zurück und erst im letzten Moment erkannte er einen riesigen, gezackten Splitter, der aus dem Holz herausragte. Peter suchte sich eine andere Stelle, wuchtete den Rettungsring hinauf und kletterte hinterher. Dann sah er den jungen Händler: triefend nass kauerte er zwischen den Pfählen. Sein T-Shirt und die blauen Shorts klebten ihm am Kör-

per, er zitterte heftig und presste eine Hand auf die Brust. Das bunt gemusterte T-Shirt war zerfetzt und blutdurchdränkt.
Peter fluchte leise. Der Händler musste sich an dem Splitter verletzt haben, als er aus dem Wasser kletterte. Damit war der Rettungsring nutzlos geworden – mit einer solchen Verletzung durfte man nicht ins Wasser, wenn man keine Haie anlocken wollte.
Vorsichtig kletterte er zu dem Verletzten hinüber. Jetzt konnte er sehen, dass der Mexikaner nur ein paar Jahre älter war als er selbst. Peter warf einen Blick auf die Wunde.
»Sieht übel aus«, sagte er. »Komm! Ich helfe dir beim Klettern – ins Wasser kannst du damit nicht!«
Der Mexikaner hob den Kopf und schien ihn erst jetzt zu bemerken. Sein Gesicht war schmerzverzerrt. »Hat Shef dich hinter mir hergeschickt?«, presste er hervor. »Hau bloß ab! Lass mich in Ruhe!«
»Wie bitte?«, fragte Peter verdutzt. »Was für ein Jeff? Nein, mich hat niemand geschickt! Und mit so einer Verletzung gehörst du ins Krankenhaus. Wie heißt du?«
»José Santanda. Aber ich –«
»Ich bin Peter Shaw. Gib mir mal deine Hand, ich helfe dir da raus.« Peter klang mutiger als er war, denn er hatte keine Ahnung, wie er José zum Strand bringen wollte. Der Mexikaner schüttelte den Kopf und wehrte Peters Hand wütend ab. Plötzlich jedoch wurde er ganz bleich, verdrehte die Augen und kippte zur Seite. Peter konnte ihn gerade noch auffangen, bevor er ins Wasser rutschte.
Verzweifelt blickte Peter sich um. Über seinem Kopf hörte er die aufgeregten Stimmen der Händler auf dem Pier. Das war doch zum Verrücktwerden – die Leute waren keine fünf Meter entfernt und konnten ihm trotzdem nicht helfen! »Hallo!«, schrie er, aber seine Stimme ging im Brausen einer Welle unter.

Es gab nur eine Möglichkeit – er musste José ins Wasser fallen lassen, hinterherspringen und ihn zum Strand ziehen.
»Und zwar schneller, als so ein Hai schwimmen kann«, murmelte er und schaute sich nach dem Rettungsring um – aber der steckte zehn Meter entfernt zwischen den Stämmen. »Super, Peter Shaw. Da hast du wieder richtig gut nachgedacht.«
Plötzlich stach ihm ein grelles Licht in die Augen. Geblendet kniff er sie zu und hörte das Brummen eines Motors. Ein Boot! Vor Erleichterung wurde ihm fast schlecht. Er winkte wild und schrie: »Hier! Hallo! Hier sind wir!«
Einen Moment später war das Boot da. Zwei Männer kletterten heraus, während ein dritter es mit laufendem Motor auf der Stelle hielt. José wachte nicht auf, als die Männer und Peter ihn in das Boot hievten, aber als er auf dem Holzboden lag und das Boot zum Strand jagte, griff er plötzlich nach Peters Hand und sagte etwas. Peter musste sich tief hinunterbeugen, um ihn trotz des Motorenlärms hindurch zu verstehen.
»Die schwarze Madonna«, murmelte José. »Die wollten wissen, wo sie ist. Sag es ihnen nicht.«
»Wie bitte?«, fragte Peter verdutzt. »Was denn für eine schwarze Madonna?«
»46 Laguna Street. Eine Statue. Unter meinem Bett. Bring sie –«
Der Motor heulte auf und erstarb. Schwungvoll lief das Boot auf den Strand auf, wo schon ein Krankenwagen mit blitzenden gelben Signallichtern stand, umgeben von Schaulustigen. Rasch beugte sich Peter wieder zu José hinunter. »Wohin soll ich sie bringen?«
Aber schon wurde er unsanft beiseite geschoben. »Weg da, Junge.« Zwei weiß gekleidete Männer hoben José aus dem Boot auf eine Trage und brachten ihn zum Krankenwagen.
»Warten Sie!«, rief Peter. »Wohin bringen Sie ihn? Kann ich mitfahren?«

»Bist du ein Verwandter?«
»Nein, ich –«
»Dann tut es mir Leid.«
Die Tür schlug zu, die Männer stiegen ein. Mit heulender Sirene bahnte sich der Krankenwagen einen Weg durch die Menge, fuhr zur Straße hinauf und verschwand.

Peter stand ein wenig verloren da – bis plötzlich ein Blitzlicht aufleuchtete und ihn blendete. Vor ihm stand ein hagerer, blonder Mann in Jeans und einem gelben T-Shirt mit einer Digitalkamera in der Hand. »Hallo, junger Mann! Wie ist dein Name?«
»Peter Shaw«, stotterte Peter völlig überrumpelt.
»Shaw, aha. Das schreibt sich S-h-a-w, richtig? Na, Peter, wie fühlt man sich denn so als Lebensretter? Damit hättest du wohl nicht gerechnet, als du heute Morgen aufgestanden bist, was? Kommst du aus Carino Beach?«
»Nein, aus Rocky Beach.« Peter wusste überhaupt nicht, was er sagen sollte. »Ich habe doch nur –«
Aber da tauchte Justus auf, der den Mann energisch beiseite schob und sich vor Peter aufbaute. Laut sagte er: »Mein Kollege gibt heute Abend keine Interviews. Und wer ihn ohne seine Zustimmung fotografiert, hört als Nächstes von seinem Anwalt. Guten Abend!«
»Hör mal, Junge, so geht das aber nicht«, wandte der Reporter ein. »Es besteht ein öffentliches Interesse an –«
»Für welche Zeitung arbeiten Sie?«
»Das geht dich überhaupt nichts an.«
»Dann haben Sie leider Pech. Alle Exklusivrechte für diese Story liegen bereits bei der ›Los Angeles Post‹. Tut mir furchtbar Leid für Sie. Auf Wiedersehen!«
Der Reporter runzelte wieder die Stirn, diesmal verärgert. »Was für Exklusivrechte? Das ist doch völliger Unsinn!«

»So ist es aber nun einmal«, sagte Justus.
»Wer bist du überhaupt? Was mischst du dich hier ein?«
»Und wer sind Sie? Kann ich mal bitte Ihren Ausweis sehen?«
Der Reporter schob die Kamera in die Tasche und schloss sie sorgfältig. Als er wieder aufblickte, waren seine Augen schmal, das hagere Gesicht hart und böse. »Ich glaube, ich bin jemand, der dir und deinem Freund einen ganzen Haufen Ärger machen wird. Mit mir legt man sich nicht an.« Er drehte sich um und ging.
»Komm, Peter!«, zischte Bob, der sich unbemerkt an Peters Seite geschlichen hatte. Peter folgte ihm erleichtert. Ihm war jetzt sehr kalt und er zitterte in seinen nassen Kleidern. Justus ging seinen Freunden langsam und sehr nachdenklich hinterher.

Am Stand zog Peter sich um, und Onkel Titus, der inzwischen zurückgekommen war, hielt ihm eine Standpauke. »Bist du verrückt geworden, einfach so ins Wasser zu springen? Du hättest dir alle Knochen brechen können, außerdem gibt es hier Haie und für Rettungsaktionen ist die Küstenwache da! War der Junge wenigstens in Ordnung?«
Peter schüttelte den Kopf. »Nein, er hatte sich verletzt und wurde ohnmächtig.«
»Und ohne Peter wäre er wahrscheinlich ertrunken«, kam Bob ihm zu Hilfe. »Und ich hätte mich nicht getraut, einfach so ins Wasser zu springen!«
»Das ist auch gut so«, brummte Onkel Titus, der aber schon besänftigt war. »Ich sage ja nicht, dass es falsch war.« Das stand in so krassem Widerspruch zu dem, was er gerade vorher gesagt hatte, dass Peter und Bob nur stumme Blicke wechseln konnten. »Nun, es ist ja alles gut gegangen. Und es war ganz schön mutig von dir, Peter. Wahrscheinlich stehst du morgen in allen Zeitungen – der ›Held von Carino Beach‹.« Peter blick-

te sehr unbehaglich drein; er konnte sich schon recht gut vorstellen, was seine Eltern von seiner Heldentat halten würden. Besonders seine Mutter würde einiges zu dem Sprung in möglicherweise haiverseuchtes Wasser zu sagen haben.
»Sag doch auch mal was, Justus«, sagte Bob. »Du bist so still.«
»Ich denke nach«, erwiderte Justus. »Das war ein sehr seltsamer Reporter, findet ihr nicht?«
Bob, der Sohn eines Reporters, grinste nur. »Alle Reporter sind seltsam. Was meinst du genau?«
»Erstens finde ich es merkwürdig, dass er so schnell da war.«
»Das finde ich überhaupt nicht merkwürdig. Alle Zeitungen im Umkreis werden über das Festival berichten und da schicken sie natürlich ihre Reporter los. Der Kerl war eben zufällig in der Nähe.«
Justus nahm dieses Argument mit einem Nicken zur Kenntnis und fuhr ungerührt fort: »Zweitens wollte dieser Reporter mir nicht sagen, für welche Zeitung er arbeitet.«
»Das ist wirklich ungewöhnlich«, gab Bob zu. »Und drittens?«
»Drittens. Welcher Reporter kommt auf die Idee, seine unwilligen Informanten zu bedrohen? Selbst unser Erzfeind Wilbur Graham versucht immer erst, uns Geld anzubieten, bevor er droht, bösartige Artikel über uns zu schreiben.«
»Hm. Du hast doch bestimmt schon eine Theorie.«
»Habe ich«, sagte Justus. »Ich glaube, dieser Kerl war gar kein Reporter, sondern gehört zu der Bande.«
»Welcher Bande? Den Clowns? Die waren doch alle vier so breit wie Möbelpacker.«
»Nein, einer war etwas kleiner und dünner. Und als Peter ins Wasser sprang, wollte er herausfinden, wer sich da einmischt. Das beweist schon einmal, dass er sehr schnell reagieren und planen kann. Und kaltblütig ist er auch – er musste doch damit rechnen, dass ihn jemand wiedererkennt.«

Onkel Titus hatte schweigend zugehört. »Mir gefällt das nicht, Jungs«, sagte er jetzt. »Mit solchen Leuten legt man sich besser nicht an. Zum Glück weiß er nicht, wer ihr seid ... oder?«
»Doch«, sagte Peter und biss sich auf die Lippen. »Ich war so durcheinander ... als er da plötzlich stand und mich ausfragte, habe ich ihm meinen Namen gesagt. Und auch, dass ich aus Rocky Beach komme. Tut mir Leid, Just ... ich bin ein Idiot.«
»Du konntest es ja nicht wissen. Trotzdem ist es sehr ärgerlich. Na ja – die Sache ist ja vorbei. Ich glaube nicht, dass wir je wieder von ihm hören werden.«
»Vielleicht doch.« Peter seufzte. »Ich muss euch nämlich noch etwas erzählen. Ich glaube, wir haben einen neuen Fall.«

Eine halbe Stunde später saßen sie in Bobs Wagen und fuhren durch die abendlichen Straßen von Carino Beach. Onkel Titus hatte sie nur sehr widerwilig gehen lassen. »Fassen wir also zusammen«, sagte Justus. »Dieser José Santanda glaubt, dass die Clowns hinter einer ›schwarzen Madonna‹ her sind und von ihm wissen wollten, wo sie ist. Er sagt es ihnen nicht, also demolieren sie seinen Stand und werfen ihn ins Wasser. Er fragt dich, ob jemand namens Jeff dich geschickt hat – vielleicht ist das unser falscher Reporter. Und bevor er das Bewusstsein verliert, bittet er dich, die Statue aus ihrem Versteck zu holen und an einen Ort oder zu einer Person zu bringen, die er dir nicht mehr nennen kann.«
»Stimmt«, sagte Peter. »Und es klang, als sei es ihm sehr wichtig, dass sie dorthin – wohin auch immer – gebracht wird.«
»Gut. Dann müssen wir jetzt herausfinden, für wen sie bestimmt ist, und liefern sie dort ab. Vielleicht finden wir in seiner Wohnung einen Hinweis.«
»Ich frage mich, ob diese Clowns ihn wirklich umbringen wollten«, sagte Bob. »Dazu sucht man sich doch nicht einen voll

besetzten Pier aus. Ich hatte den Eindruck, dass sie eher erschrocken waren, als er nicht wieder auftauchte. Und sie sind dann ja auch schleunigst abgehauen.«

Justus nickte. »Es war eben Pech, dass er sich so übel verletzt hat. Ich dachte auch, dass sie ihn eigentlich nur gehörig einschüchtern sollten.«

»Na, mich *haben* sie eingeschüchtert«, sagte Peter nachdrücklich. »Ich werde die ganze Nacht nur von Haien mit Clownsmasken träumen!«

Es dauerte eine Weile, bis sie die Laguna Street fanden. Es war eine schäbige, heruntergekommene Straße im Osten der Stadt. Fast alle Häuser waren mit Graffiti beschmiert, alle Fensterläden waren mit Vorhängeschlössern gesichert. Kein Mensch war zu sehen, aber verschiedentlich hörten sie Musikfetzen und Kindergeschrei durch die Fenster in den oberen Stockwerken. In einem Keller drosch jemand auf Töpfe und Deckel ein, übte offenbar für einen Wettbewerb unbegabter Schlagzeuger und hatte gute Chancen zu gewinnen.

Das Haus Nr. 46 unterschied sich nicht von den anderen. Es hatte eine graue Vorderseite, die einschließlich der verriegelten Fensterläden graffitiverschmiert war – außer an den Stellen, wo der Putz samt Farbe abblätterte. Die Haustür war aus Holz und hatte keine Klinke, nur ein Schlüsselloch. Namensschilder gab es auch nicht. Justus versuchte es mit der untersten Klingel und der schrille Ton gellte unangenehm laut durch den Abend. Irgendwo begann ein Hund zu bellen, aber die Tür blieb geschlossen. Die anderen drei Klingeln brachten das gleiche Ergebnis.

Justus warf einen Blick auf Peter. »Hast du deine Dietriche dabei, Zweiter?«

»Ja, schon, aber ich glaube nicht, dass wir das tun sollten.«

»Wieso denn nicht? Es ist ein Notfall – schließlich hat José dich selber darum gebeten, die Madonna aus seiner Wohnung zu holen, bevor die Clowns es tun.«

Peter zögerte, zuckte dann mit den Achseln und zog sein Dietrichset aus der Tasche. Justus hatte ja Recht – wie immer. Aber das hieß noch nicht, dass es Peter auch gefallen musste. Ihm fiel nur leider kein logisches Gegenargument ein – auch wie immer.

Er probierte drei Dietriche aus. Der dritte passte. Es klickte, und die Tür öffnete sich mit einem Knarren. Die drei ??? traten ein, und Bob knipste die vorsorglich mitgebrachte Taschenlampe an.

Der Lichtstrahl fiel auf einen Haufen Kartons, leere Flaschen und Müllsäcke. Rechts gingen zwei Türen vom Hausflur ab, links führte eine Treppe nach oben. Bob leuchtete die beiden Türen an und schaute fragend zu Justus hin. Der Erste Detektiv nickte. Lautlos schlichen sie zur ersten Tür, und Peter hoffte nur, dass Justus sich eine sehr gute Erklärung zurechtgelegt hatte, falls sie plötzlich aufging.

Aber sie blieb geschlossen. Nach kurzem Suchen entdeckte Bob ein Namensschild: *Gonzales*. Sie schlichen zur nächsten Tür – und dort hatten sie Glück.

»*J. S.*«, flüsterte Justus. »José Santanda. Die Dietriche, Zweiter!«

»Warte!«, zischte Bob. »Die brauchen wir gar nicht. Die Tür ist offen!«

Sie erstarrten alle drei. Aber hinter der Tür rührte sich nichts. Justus gab der Tür einen sehr vorsichtigen Schubs und sie schwang knarrend nach innen auf. Der Lichtstrahl der Taschenlampe folgte ihr.

Einen Augenblick lang standen sie wie gelähmt da. Dann sagte Bob heiser: »Ich glaube, die Clowns waren doch schneller als wir.«

Einbruch mit Folgen

Die Wohnung war völlig verwüstet. Im Flur lag ein umgestürzter kleiner Schuhschrank. Die Garderobe war mitsamt den Haken aus der Wand gerissen worden und die Scherben des Spiegels knirschten unter den Schuhen der drei ???, als sie vorsichtig in die Wohnung schlichen. »Leise!«, wisperte Peter.
Im Schein der Taschenlampe bot sich ihnen ein hässliches Bild. Offenbar hatte José die Wohnung über Jahre hinweg renoviert, umgebaut und mit liebevoll ausgesuchten mexikanischen Truhen und Schränken eingerichtet, und jemand hatte sich die größte Mühe gegeben, das alles zu zerstören. Alle Schränke waren aufgerissen, die Schubladen eingetreten und ihr Inhalt auf den Boden geworfen worden. Die Sofapolster waren aufgeschlitzt, die Bücher aus dem Regal gerissen, die Regale umgeworfen. Alle Bilderrahmen waren zerschlagen, alle Bilder zerfetzt. Fernseher und Musikanlage waren nur noch eine Masse aus verdrehtem, zerbrochenem Elektroschrott. Über bloßen Vandalismus ging diese gezielte, brutale Zerstörung weit hinaus.
»Gib mir mal die Taschenlampe«, flüsterte Justus Bob zu und schlich auf eine Tür zu, die schief in den Angeln hing. Eine Diele knarrte unter seinen Füßen und alle drei erstarrten. Aber nichts rührte sich. Irgendwo im Haus dröhnte ein Fernseher; von der Sendung war nichts zu hören als das idiotische Tonbandgelächter des unsichtbaren Publikums. Wie Hohn klang es durch den stillen Abend.
Justus schlich weiter und öffnete die Tür. Dahinter lag ein einfach eingerichtetes Schlafzimmer. Auch hier hatten die Einbrecher so viel wie möglich zerrissen und zerbrochen. Justus leuchtete unter das Bett. Dort hatte ein etwa armlanger Gegenstand gelegen. Jetzt gab es nur noch verwischte Schleifspu-

ren im dünnen Staub. Ein scharfer, unangenehm chemischer Geruch lag in der Luft, den Justus nicht einordnen konnte. Er richtete sich auf und kehrte in das verwüstete Wohnzimmer zurück. »Tja, Kollegen. Sie ist weg.«

»Wir sollten lieber verschwinden«, sagte Peter beklommen.

Bob nickte. »Finde ich auch. Wenn uns jemand hier erwischt, bekommen wir ein echtes Problem.«

»Wenn ich nur mein Fingerabdruckpulver mitgenommen hätte!«, sagte Justus ärgerlich. »Morgen ist bestimmt schon die Polizei hier und sperrt alles ab!«

»Pst!«, zischte Peter plötzlich, und sie zuckten zusammen.

»Was ist?«, flüsterte Bob.

»Ich weiß nicht, ich dachte, ich hätte etwas gehört.«

Sie lauschten, hörten aber wieder nur das hirnlose Gelächter aus dem Fernseher.

»Da ist nichts«, sagte Bob leise. »Mal sehen, ob die Küche genauso schlimm aussieht wie der Rest …« Er tappte ein paar Schritte vorwärts und ließ den Strahl der Taschenlampe durch die Küchentür wandern.

»Achtung!«, schrie Peter.

Vier Gestalten stürmten aus der Küche, geradewegs auf den völlig überraschten Bob zu. Ganz kurz blitzten die grellweißen, scheußlich grinsenden Clownsfratzen auf, dann riss ihm einer die Taschenlampe aus der Hand und stieß ihn zur Seite. Bob stolperte über ein zerfetztes Sofakissen und stürzte.

Im nächsten Augenblick polterten die Einbrecher durch die Tür nach draußen. Die Haustür knallte gegen die Wand.

Bob rappelte sich auf. »Peter! Warum hast du sie nicht aufgehalten?«

»Bist du verrückt? Die waren zu viert, und einer hatte ein Messer!«

»Los!«, rief Justus. »Wir verfolgen sie!«

Die drei ??? rannten aus der Wohnung, vorbei an einem Mann, der aus der Tür der Nachbarwohnung spähte. Er schrie ihnen spanische Verwünschungen nach und ein Pantoffel flog an Bobs Kopf vorbei, prallte gegen die Wand und fiel auf den Boden.
Sie rannten aus dem Haus. »Da hinten sind sie!«, rief Justus und zeigte die Straße hinunter, wo vier rennende Gestalten gerade um eine Ecke verschwanden. »Schnell, Bob!«
Sekunden später saßen sie in Bobs Käfer, knallten die Türen zu, Bob startete und der Käfer fuhr los. Leider nicht blitzartig und mit quietschenden Reifen, wie Peters MG es getan hätte, sondern eher schaukelnd und behäbig.
»Nun gib doch Gas!«
»Tu ich doch! Das hier ist ein Käfer, kein Ferrari!«
»Ich habe immer gesagt, kauf dir ein schnelleres Auto!«
»Steig doch aus und lauf, wenn dir das zu langsam ist!«
Bob trat das Gaspedal bis zum Boden durch, aber sie kamen trotzdem zu spät. Als sie um die Ecke bogen, lag die Straße menschenleer vor ihnen. Nur ein paar Straßenlampen leuchteten in der Dunkelheit, und noch während sie nach den Clowns Ausschau hielten, flackerte eine und ging aus.

»Das war ja ein Erfolg auf der ganzen Linie«, sagte Bob auf der Rückfahrt zum Strand.
»Stimmt«, gab Justus zu. »Aber eins wissen wir jetzt: Es gibt noch eine dritte Partei in diesem Spiel.«
»Wie kommst du denn darauf?«
»Keiner von denen trug etwas, das wie eine Statue aussah. Also haben sie sie nicht gefunden und sind zu spät gekommen, genau wie wir. Jemand anderes hat die Madonna schon vorher an sich genommen.«
»Vielleicht haben sie sie in der Küche liegen gelassen«, sagte Peter.

»Warum sollten sie das tun?«
»Weil wir kamen, bevor sie abhauen konnten?«
»Peter, ich will ja deinen Mut und deine Körperkraft nicht herabsetzen, aber das waren vier erwachsene Männer. Ganz gleich, wie genial wir sind – dagegen kommen wir nicht an. Die hätten nicht nur eine Statue, sondern die halbe Wohnungseinrichtung raustragen können, ohne sich von uns nennenswert aufhalten zu lassen.« Justus verstummte und nagte an der Unterlippe.
Bob warf ihm einen Seitenblick zu. »Worüber denkst du nach?«
»Da war etwas … ein unangenehm chemischer Geruch, der nicht in die Wohnung passte. Ich frage mich, was das war. Und ich wüsste gern, wer die Madonna geklaut hat.« Mit düsterem Gesicht lauschte er dem rasch näher kommenden Geheul einer Sirene. »Der Nachbar hat offenbar schon die Polizei gerufen. In Josés Wohnung können wir uns jetzt jedenfalls nicht mehr umsehen.«

Es war schon spät, als sie zurück zu Onkel Titus' Stand auf dem Pier kamen. Alle Marktbuden und Stände waren geschlossen und in der kleinen Zeltstadt auf dem Strand brannten nur noch zwei Feuer. Die Brandung übertönte jedes Geräusch von dort unten.
Titus Jonas saß auf einem Campingstuhl neben seinem Stand und sortierte im Schein einer alten Öllampe ein Häufchen bunter Knöpfe. »Da seid ihr ja«, sagte er. »Ich hatte mich schon gefragt, wem wohl das Sirenengeheul galt.« Er lachte, aber als die drei ??? nur gequält grinsten, wurde er wieder ernst. »Ihr habt doch nichts angestellt, Justus? Ich habe nicht genug Geld eingenommen, um euch aus dem Gefängnis freizukaufen.«
»Ach was«, sagte Justus. »Es ist alles in Ordnung, Onkel Titus. Wirklich.«

Onkel Titus musterte ihn scharf. »Hör mal, mein Junge ... ihr denkt doch daran, dass ihr die Guten seid, ja? Ich will gar nicht so genau wissen, was ihr bei euren Ermittlungen macht, aber kannst du mir versichern, dass ihr nichts Illegales tut?«

»Natürlich, Onkel«, sagte Justus und wich Onkel Titus' Blick aus.

Titus Jonas überlegte eine Weile. Dann sagte er: »Es ist spät, Jungs. Schlaft jetzt erst mal, und morgen früh fahrt ihr nach Hause.«

»Aber wir wollten dir doch helfen«, protestierte Justus.

»Nicht nötig. Ich habe mir ein paar Helfer organisiert, die den Stand mit mir abbauen.«

»Abbauen? Aber –«

»Ja, abbauen. Während ihr unterwegs wart, habe ich mich mit dem Veranstalter angelegt, für den die Sicherheit der Händler auf dem Pier eher zweitrangig zu sein scheint. Ihn interessierte weder, wer diese Clowns waren, noch, wohin sie verschwunden sind, und er geht davon aus, dass es eine Privatstreitigkeit zwischen Mexikanern war, obwohl alle Zeugen übereinstimmend gesagt haben, dass die Clowns keine Mexikaner waren, sondern Weiße. Da mir diese Denkweise nicht gefällt, habe ich mich bis auf weiteres vom Glitter & Dust verabschiedet. Tja, nicht zu ändern.«

»Es tut mir wirklich Leid«, begann Justus, aber sein Onkel winkte nur ab.

Am nächsten Morgen wurden sie um halb sechs vom Dröhnen der afrikanischen Trommeln geweckt, und da an Schlaf nicht mehr zu denken war, packten sie ihre Sachen und machten sich auf den Heimweg. Auf dem Weg über den Pier nutzten sie die Gelegenheit, die Händler nach den Clowns zu fragen, aber viel brachte es ihnen nicht. Alle Händler hatten die Bande gesehen,

aber außer den Masken war ihnen nur aufgefallen, dass es sich um einen hageren und drei große, kräftige Männer handelte. »Ich habe noch versucht, einen von denen aufzuhalten«, sagte ein Möbelverkäufer und rieb sich die Wange, auf der ein grüngelber Bluterguss prangte. »Mensch, hatte der einen Schlag am Leibe! Fäuste so groß wie Schmiedehämmer. Nächstes Mal gehe ich denen aus dem Weg, das könnt ihr mir glauben!«
»Ist Ihnen sonst noch etwas aufgefallen?«, fragte Justus.
»Nein. Der eine, der mir das Veilchen verpasst hat, hatte ganz kurze blonde Stoppelhaare, und der Hagere war auch blond, aber das war's schon.«
»Das ist doch schon etwas«, sagte Justus. »Vielen Dank!«
Ohne Bedauern verließen sie das Festival. Obwohl es noch so früh war, kamen schon die ersten Touristen die Straße herunter zum Strand, und die drei ??? waren froh, dem Getümmel entgehen zu können.
In Carino Beach war der Himmel noch klar, aber Los Angeles lag in einer dichten Wolke aus Smog und Nebel, und den gesamten Santa Monica Freeway entlang standen sie im Stau. Erst um halb zehn entkamen sie der Stadt und fuhren am Meer entlang nach Rocky Beach.
»Also, Peter«, sagte Justus, als der Käfer vor der Einfahrt zum Schrottplatz hielt, »denk dran. Falls echte Reporter auftauchen, sagst du kein Wort über unser Detektivbüro oder die Madonna. Du erzählst, wie du José gerettet hast, mehr nicht.«
»Schon klar«, sagte Peter. »Und was mache ich, wenn der falsche Reporter auftaucht?«
»Dann sagst du dasselbe. Und morgen treffen wir uns hier.«
»Und ich forsche nach schwarzen Madonnen«, sagte Bob. »Hilfe, da kommt deine Tante, Just! Steig schnell aus!«
Justus tat es und der Käfer knatterte davon.

»Nie wieder rette ich irgendwelche Leute!« Mit diesem Ausruf riss Peter am Sonntag die Tür der Zentrale auf und sie flog mit einem höchst befriedigenden Knall gegen die Wand. Justus und Bob zuckten zusammen, und Bob ließ eine kleine Filmdose fallen, die er in der Hand gehalten hatte.
»Schon gut, Peter«, sagte Justus. »Was ist denn?«
»Was *ist*? Oh, nichts! Außer, dass meine Mutter den ganzen Tag lang darüber getobt hat, dass ich mich ›kopfüber ins Meer zwischen die Haie werfe, bloß um in die Zeitung zu kommen‹, und jedes Mal, wenn ich sie gerade halbwegs davon überzeugt hatte, dass es nicht so war, klingelte ein Reporter an der Tür, um den ›Helden von Carino Beach‹ zu sprechen! Mir reicht's!«
»Hat sich auch der falsche Reporter gemeldet?«, fragte Bob gespannt.
»Nein, zum Glück nicht. Obwohl ich die ganze Zeit darauf gewartet habe. Vielleicht hast du dich ja doch geirrt, Just.«
Justus zog nur die Augenbrauen hoch.
»Ja, ich weiß schon!«, sagte Peter. »Es war schon ein komischer Typ. Aber das heißt ja noch nichts.«
»Ich gebe durchaus zu, dass meine Theorie bisher fast ausschließlich auf Beobachtung und Kombination beruht und nicht auf Indizien oder Beweisen. Übrigens erwartet uns Inspektor Cotta. Er ist zwar nicht für Carino Beach zuständig, aber er möchte uns wegen eines Einbruchs in der Laguna Street befragen.«
»Was?«, sagte Peter entgeistert. »Woher weiß er – ich meine, wieso glaubt er, dass wir etwas darüber wissen?«
»Dazu wollte er sich nicht äußern«, sagte Justus. »Und eigentlich ist das auch gar nicht Cottas Bezirk. Aber während wir hinfahren, kannst du uns erzählen, was du über schwarze Madonnen herausgefunden hast, Bob.«
»Also«, sagte Bob fünf Minuten später im Auto, »ich habe mich

bis jetzt nur im Internet schlau gemacht. Das Archiv der ›Los Angeles Post‹ ist sonntags nämlich geschlossen. *Madonna* ist ja das italienische Wort für ›meine Dame‹ und bezieht sich auf Maria, die Mutter Gottes. Es gibt Kultstätten in Europa, wo sie angeblich erschienen ist, zum Beispiel in Lourdes in Frankreich, und dort werden Statuen von ihr aufgestellt, zu denen dann Tausende von Menschen hinpilgern, um zu ihr zu beten und sie um Hilfe zu bitten. Angeblich ereignen sich dort auch immer wieder Wunder – Kranke werden gesund und so weiter. Viele dieser Statuen sind aus hellem Holz oder bunt bemalt, aber es gibt tatsächlich auch eine ganze Menge schwarze Madonnen; vor allem in Europa, aber auch in der Türkei und Russland und sogar in Indien. Manche waren von Anfang an schwarz, entweder weil sie aus schwarzem Holz hergestellt oder schwarz angemalt wurden, andere sind erst später nachgedunkelt. Allein in Frankreich gibt es über 300 Orte, an denen eine schwarze Madonna verehrt wird. Bilder gibt es auch – das bekannteste Bild ist wohl die Schwarze Madonna von Tschenstochau, ein Gemälde aus dem 6., vielleicht aber auch dem 13. oder 14. Jahrhundert, das im Lauf der Zeit durch den Kerzenrauch fast völlig schwarz geworden ist.«

»Aber leider suchen wir ja nur eine Statue, kein Bild«, sagte Peter. »Bei einem Bild wäre alles klar – wir würden einfach Kontakt zu unserem Bilderspezialisten Victor Hugenay aufnehmen und ihn fragen, wo es ist.«

»Wurde denn eines gestohlen?«, fragte Justus.

Bob bremste gerade noch rechtzeitig an einer Ampel. »Nicht dass ich wüsste. Ich habe dann nach Schwarzen Madonnen in Amerika, speziell hier in Kalifornien, gesucht. An der University of California gibt es Veranstaltungen zur Schwarzen Madonna als Verkörperung der Erdmutter, aber ich habe keinen Hinweis darauf gefunden, dass da eine Statue gestohlen worden wäre.« Er gab wieder Gas. »Es gibt ein Madonna-Gasthaus, eine Madonna Road, ein Mount Madonna-Erholungszentrum und die Sängerin Madonna, und vor rund sieben Jahren wurde eine Madonna aus dem Arts & Crafts Museum gestohlen. Keine dieser Madonnen ist schwarz.«

»Warum muss es denn eine gestohlene Madonna sein?«, warf Peter ein. »Vielleicht ist José ein begabter Holzschnitzer und hat seine selbst gebaut.«

»Auch möglich, aber dann frage ich mich, warum die Clowns hinter ihr her sind. Wir sollten José im Krankenhaus besuchen und ihn fragen.«

»Tja, aber zuerst besuchen wir Inspektor Cotta.« Bob bremste und fuhr auf den Parkplatz vor dem Polizeipräsidium. Sie stiegen aus, zeigten am Eingang ihre Ausweise vor und wurden sofort in Inspektor Cottas Büro geführt. Der Inspektor saß hinter einem chaotisch voll gestopften Schreibtisch. Von einem Poster an der Wand blickte Humphrey Bogart ihm melancholisch über die Schulter.

»Guten Tag, Inspek…«, begann Justus.

»Tag, Justus«, sagte Inspektor Cotta wütend. »Hallo, Peter und Bob. Sagt mal, ich bin ja einiges von euch gewöhnt. Aber in was habt ihr euch diesmal hineingeritten?«

»Wieso, was ist denn?«, fragte Peter.

»Ach, ihr habt die heutige Sonntagsausgabe der ›Carino Daily Post‹ nicht gelesen? Dann wird's aber Zeit.« Er zog eine Zeitung aus einer Schublade und warf sie vor sich auf den Tisch. »Setzt euch, macht es euch gemütlich, und ich hole mir einen Kaffee und überlege schon mal, welche Zelle ich für euch reserviere.«

Justus, Peter und Bob wechselten erschrockene Blicke und nahmen sich dann die Zeitung vor. Auf die Titelseite hatten sie es nicht geschafft, aber der entsprechende Artikel im hinteren Teil war mit dickem rotem Filzstift markiert. »Heldenhaf-

te Rettung oder gemeiner Betrug?« mit den beiden Kommentaren »Detektivtrio auf Abwegen?« und »Nach der Rettung brachen sie ein«.
Der Artikel berichtete zunächst von der »dramatischen Rettung eines Verletzten durch ein Mitglied eines bekannten Kinderdetektivtrios«, schwenkte dann um zu »Verzweifelter Nachbar rief die Polizei« und breitete sich dann genüsslich in der Vermutung aus, dass Peter José während der Rettung den Wohnungsschlüssel abgenommen hatte, um später in aller Ruhe seine Wohnung ausrauben zu können, während das Opfer noch »mit dem Tode rang«. Geschrieben hatte den Artikel jemand namens B. S.
Während sie die Kommentare lasen, kam Inspektor Cotta mit seinem Kaffee und einem kleinen Kästchen zurück, setzte sich hin und wartete, bis sie fertig waren. Dann sagte er: »Nun?«

Unter Verdacht

Die drei ??? wechselten bestürzte Blicke. »Also war er doch ein echter Reporter«, murmelte Bob. Peter schwieg und sah nur elend aus, während er sich vorzustellen versuchte, was seine Eltern zu diesem Artikel sagen würden.

Justus' Gehirn lief auf Hochtouren. »An dieser Geschichte ist etwas oberfaul«, sagte er. »Steht der Artikel nur in der ›Carino Daily Post‹ oder auch in anderen Zeitungen?«

»Die anderen loben und preisen Peter für seine Heldentat«, sagte Cotta. »Was ja auch in Ordnung ist. Stimmt es denn, was diese Zeitung behauptet? Natürlich braucht ihr nicht zu antworten, wenn ihr euch damit selbst belastet.«

Bob hob den Kopf und blickte ihn fest an. »Glauben *Sie*, dass wir erst jemandem einen Schlüssel klauen und dann irgendwo einbrechen und alles verwüsten würden?«

»Was ich glaube, ist unwichtig«, knurrte Cotta. Dann musterte er die drei Detektive der Reihe nach und schüttelte den Kopf. »Aber falls es euch beruhigt: nein, ich glaube es nicht. Das wäre ein schwarzer Tag in meiner Karriere, wenn ich eine miese Hetzerei nicht von einem sachlichen Artikel unterscheiden könnte. Und übrigens bin ich der Meinung, dass ihr zwar jederzeit skrupellos irgendwo einsteigen würdet – aber nicht, um eine Wohnung zu verwüsten. Und ihr würdet einen Einbruch auch nicht so brutal begehen und die Wohnungstür aufbrechen, sondern auf die bewährten Dietriche zugreifen. Darauf braucht ihr übrigens auch nicht zu antworten.« Er lehnte sich zurück und verschränkte die Arme. »Also, erzählt mal, was ihr getan habt, um euch die Abneigung der ›Carino Daily Post‹ zuzuziehen.«

»Ich glaube, wir haben einen ihrer Reporter verärgert, indem

wir uns weigerten, ihm eine Story zu liefern.« Geistesabwesend bediente Justus sich aus einer Schale mit Erdnüssen, die auf dem Schreibtisch stand. Cotta schaute mit hochgezogenen Augenbrauen zu, bis Justus es endlich bemerkte, rot wurde und schleunigst die Hand zurückzog.
»Na, seine Story hat er ja dann doch noch bekommen«, sagte Cotta. »Mit dem Wohnungseinbruch gleich nach der Rettung habt ihr ihm ordentlich Stoff geliefert. Was ist da passiert?«
»In die Wohnung sind wir nicht eingebrochen«, sagte Justus. »Das war auch nicht nötig, denn die Wohnungstür stand offen, als wir kamen.«
»Und die Haustür?«
»Die Haustür ist etwas anderes«, gab Justus zu. »Die war verschlossen.«
Der Inspektor schaute ihn finster an. »Und ihr hattet natürlich einen Grund, sie aufzubrechen.«
»Wir haben sie nicht aufgebrochen. Wir haben uns lediglich Zutritt verschafft.«
»Und darf man fragen, warum ihr anschließend die Wohnung betreten habt, deren Tür so einladend offen stand? Oder greife ich damit in laufende Ermittlungen ein?«
Der Sarkasmus war unüberhörbar, aber Justus nickte nur. »José Santanda hatte Peter gebeten, etwas aus seiner Wohnung zu holen und in Sicherheit zu bringen. Wohin genau, konnte er uns nicht sagen, aber er hatte Angst, dass es in die falschen Hände fallen könnte. Also sind wir zu seiner Wohnung gefahren und fanden sie verwüstet vor. Vier Männer mit Clownsmasken versteckten sich in der Küche, rannten Bob über den Haufen und konnten leider entkommen.«
»Aha«, machte Inspektor Cotta. »Ich habe hier eine Zeugenaussage eines Mr Tonio Gonzales. Er sagt aus, er habe verdächtige Geräusche aus der Nachbarwohnung gehört und dann, als

er nachsehen wollte, *drei* junge Männer – nicht vier – zur Haustür flüchten sehen. Die Beschreibung dieser *drei* jungen Männer ist erstaunlich zutreffend – ein etwas Übergewichtiger, ein Kleiner mit Brille und ein Großer, Kräftiger.«
»Das ist sehr interessant«, stellte Justus fest. »Die *vier* Männer, die vorher laut trampelnd rausgerannt sind, hat Mr Gonzales nicht gesehen?«
»Offenbar nicht, sonst hätte er sie wohl erwähnt.«
»Er scheint ein erstaunlich selektives Wahrnehmungsvermögen zu haben, Herr Inspektor. Ich finde es vor allem ungewöhnlich, dass er sich auch an Dinge erinnert, die nicht da waren. Kann sein, dass er Peter und mich erkannt hat, aber ganz sicher nicht Bob – jedenfalls nicht gestern Nacht. Da trug Bob nämlich nicht die Brille, sondern seine Kontaktlinsen. Genau wie jetzt auch. Also frage ich mich«, fuhr er fort, während Inspektor Cotta und Peter verblüfft zu Bob hinüberschauten, »woher er unsere Beschreibung hatte. Und was er davon hat, uns mit einer Falschaussage in Schwierigkeiten zu bringen.«
Der Inspektor machte sich eine Notiz. »Wir werden ihn dazu noch einmal befragen. Du hast Recht, Justus, da scheint etwas nicht zu stimmen. Aber es ändert nichts an der Tatsache, dass ihr in eine Wohnung eingebrochen seid.«
»Mit Erlaubnis des Besitzers«, sagte Peter jetzt. »Fragen Sie José doch!«
»Das würde ich gerne tun, aber es geht nicht. José Santanda hatte heute Nacht einen Kreislaufkollaps und liegt im Koma. Offenbar war er schon vorher ziemlich krank und die Verletzung hat seine letzten Reserven zusammenbrechen lassen. Ich fürchte, er kann uns im Moment nicht weiterhelfen.«
Die drei ??? waren stumm vor Schreck. Endlich fragte Justus: »Hat er Familie? Jemanden, der sich um ihn kümmern kann?«
»Wir suchen noch. Bisher haben wir nur seinen ehemaligen Ar-

beitgeber finden können, einen Mr Pentecost. Er ist Inhaber einer Transportfirma. Bis vor einem halben Jahr hat José bei ihm als Fahrer gearbeitet, aber dann wurde er entlassen. Mr Pentecost war entsetzt, als er von Josés Unglück hörte, und bot sofort an, den jungen Mann wieder einzustellen, sobald es ihm besser geht.«

»Warum wurde José denn entlassen?«, fragte Bob.

»Es gab wohl nicht genügend Aufträge für die Firma.«

»Vielen Dank«, sagte Justus. »Dann werden wir diesen Mr Pentecost einmal besuchen und ihn fragen –«

»O nein, Justus Jonas«, sagte Inspektor Cotta. »Ihr werdet nichts dergleichen tun. Ihr werdet nach Hause fahren und abwarten, bis der junge Mr Santanda aufwacht und euch entlastet. Und das kann dauern.«

»Augenblick«, sagte Justus. »Wir können uns durchaus selber entlasten. Ihre Leute haben doch sicher Fingerabdrücke in der verwüsteten Wohnung genommen.«

»Ja, natürlich.«

»Dann werden Sie möglicherweise zwei sehr verwischte Abdrücke von mir an der Haustür und auf Josés Schlafzimmertür finden. Ich habe die Tür geöffnet und einen Blick unter das Bett geworfen. Peter und Bob haben meines Wissens überhaupt nichts angefasst. Also stammen alle vorhandenen Fingerabdrücke von José und den Einbrechern, die vor uns in der Wohnung waren.«

»Ob du es glaubst oder nicht, Justus, der Gedanke ist mir auch schon gekommen«, sagte Inspektor Cotta und öffnete das Kästchen, das er mitgebracht hatte. Es enthielt ein Set zur Abnahme von Fingerabdrücken. »Wenn ihr Glück habt, reduziert sich die Anklage auf Hausfriedensbruch. Was wolltet ihr denn eigentlich aus der Wohnung holen?«

Sie schwiegen und er seufzte. »Also schön. Solange es nicht die

Ersparnisse des Besitzers waren, geht es mich vermutlich nichts an.«

»Was ist denn mit den Clowns?«, fragte Bob. »Ein hagerer Blonder und drei große, kräftige Männer mit Clownsmasken, einer von ihnen hatte helle, kurze Stoppelhaare. Es waren dieselben Männer, die José ins Wasser geworfen haben. Vielleicht haben *sie* es getan, um nachher in Ruhe die Wohnung ausräumen zu können.«

»Wir suchen noch nach ihnen«, antwortete Inspektor Cotta, während er ihnen die Fingerabdrücke abnahm. »So, jetzt haut ab, ich habe noch zu tun.«

»Was jetzt?«, fragte Bob, als sie im Auto saßen.

Justus zog die Brauen zusammen. »Wir besuchen die ›Carino Daily Post‹. Kann schon sein, dass B. S. ein ganz normaler Reporter ist, der sich nur an uns rächen will, weil ich ihm die Story vermasselt habe. Aber dann ist er erstaunlich gut informiert – woher wusste er, dass wir in der Laguna Street waren? Und wenn er einer der Clowns ist und den Verdacht nur auf uns lenken will, sollten wir ihn uns erst recht genauer ansehen, denke ich.«

»Ich weiß nicht«, sagte Peter zweifelnd. »Vielleicht war B. S. einfach zufällig auch in der Laguna Street, als der Einbruch passierte.«

»Ich glaube nicht an Zufälle«, erwiderte Justus entschieden. »Schon gar nicht, wenn B. S. uns ohne weitere Recherche als schuldig hinstellt und Josés Nachbar, Señor Gonzales, uns ganz klar nicht selbst erkannt hat.«

»Wie bitte? Wie meinst du das?«

»Ich meine, dass jemand uns nicht mag und Gonzales ganz genau gesagt hat, wen er erkennen sollte und wen nicht.«

»Vielleicht B. S. selbst?«, überlegte Bob. »Der mag uns ganz

bestimmt nicht. Aber um Gonzales zu überreden, müsste er ja noch vor der Polizei am Tatort gewesen sein.«
»Dann hätte er uns auch nur ganz knapp verpasst«, sagte Peter. »Vielleicht hat er uns gesehen und Gonzales beschrieben!«
Justus schüttelte den Kopf. »Dann hätte er Bobs Brille weder gesehen noch erwähnt.«
»Ach ja, die Brille hatte ich vergessen.«
»Vielleicht kennt Gonzales uns von einem früheren Bericht«, sagte Bob. »Und dann hat er das einfach durcheinander geworfen.«
»Würdest du das tun? Jemand bricht mitten in der Nacht in dein Haus ein, verwüstet die Nachbarwohnung, und du ignorierst es, bist aber in der Lage, drei Jugendliche zu erkennen, die in einem dunklen Hausflur an dir vorbeirennen? Dann erinnerst du dich auch noch daran, dass du sie mal in der Zeitung gesehen hast, und beschreibst der Polizei nicht, wie sie in deinem Hausflur ausgesehen haben, sondern wie sie vielleicht auf einem uralten Zeitungsfoto ausgesehen haben könnten?«
Dazu fiel Bob und Peter kein Gegenargument mehr ein und sie machten sich auf den Weg nach Carino Beach.

Es war schon Nachmittag, als sie nach einer anstrengenden Fahrt durch sengende Hitze in dem kleinen Küstenstädtchen ankamen. Sie mieden die Straßen zum Strand und zum Pier und erreichten nach mehreren Umwegen das Industriegebiet. Vor dem Gebäude der ›Carino Daily Post‹ hielten sie und stiegen aus dem Käfer. Das Haus war ein flacher, verschachtelter Bau von schmutzig grauer Farbe. Ein paar Palmen spendeten ihren Schatten einem Haufen Erde und Geröll neben dem Haus.
»Hoffentlich kriegen wir da drinnen was zu trinken«, stöhnte Peter.

»Verlass dich nicht drauf«, murmelte Bob, während er Justus folgte, der zielstrebig auf das Gebäude lossteuerte. »Wir können froh sein, wenn sie uns nicht rauswerfen.«
Durch eine Drehtür betraten die drei ??? das Gebäude. Drinnen war es fast ebenso heiß wie draußen. Es roch nach Bohnerwachs und altem, muffigem Papier. Zwei weitere kümmerliche Palmen neigten sich bedrohlich über eine Sitzecke aus abgewetzten blauen Sesseln, die sich um einen Rattantisch voller Zeitungen gruppierte. Hinter einem Tresen saß ein älterer Mann und las Zeitung – nicht die ›Carino Daily Post‹, sondern die ›Los Angeles Post‹. Er ließ sich auch nicht davon stören, dass die drei ??? geradewegs auf ihn zusteuerten und vor dem Tresen stehen blieben. Erst als Justus laut »Guten Tag« sagte, blickte er gelangweilt auf.
»Und?«
»Wir suchen einen Ihrer Redakteure«, sagte Justus. »Er – oder sie – hat die Initialen B. S. und wir würden gerne mit ihm über einen Artikel –«
»B. S. gibt's hier nicht«, sagte der Pförtner und las weiter in seiner Zeitung.
Justus runzelte die Stirn. »Das stimmt nicht. Er hat einen Artikel in Ihrer Zeitung veröffentlicht.«
»B. S. haben wir nicht.«
»Warte«, sagte Bob rasch. Er holte eine der Zeitungen von dem Tisch der Sitzgruppe. »Das hier ist die heutige Sonntagsausgabe.« Rasch blätterte er die Zeitung durch, faltete sie um und hielt sie dem Mann vor die Nase. »Hier, da steht doch der Name!«
Der Pförtner warf einen gelangweilten Blick auf den Artikel. »Kenn ich nicht.«
Allmählich verlor Justus die Geduld. »Sie kennen Ihre eigenen Mitarbeiter nicht?«

»Hör mal, du Schlaumeier«, sagte der Mann, »wir haben einen Haufen Leute, ob du's glaubst oder nicht. Dieser B. S. wird ein freier Mitarbeiter sein oder was auch immer.«
»Sie haben doch sicher eine Liste der Leute, die für die Zeitung arbeiten!«
»Geb ich nicht raus.« Der Pförtner verschanzte sich wieder hinter seiner Zeitung. »Ihr könnt ja 'ne Nachricht hinterlassen, wenn's wichtig ist.«
»Also kommt er doch ins Haus?«, fragte Justus sofort.
Das Gesicht des Pförtners färbte sich rot. »Jetzt haut endlich ab! Ich hab' noch zu tun!«
»Schön.« Justus zog eine Visitenkarte aus der Hosentasche, schrieb die Telefonnummer darauf und legte sie auf den Tresen. »Geben Sie ihm das bitte.«
Der Mann sah nicht einmal mehr von der Zeitung auf.
Wütend drehten sich die drei ??? um und marschierten zur Tür. Aber da rief der Pförtner ihnen plötzlich nach: »Ihr da! Wartet mal!«
Sie blieben stehen und schauten sich um.
Der Mann war aufgestanden. In der Hand hielt er die Visitenkarte. »Seid ihr die Bengel vom Pier und dem Einbruch?«
Jetzt hatte Justus genug. »Wir sind ehrenamtliche Mitarbeiter der Polizei von Rocky Beach und Sie können Mr B. S. ausrichten, dass wir uns so eine Frechheit nicht gefallen lassen. Entweder er stellt in seinem nächsten Artikel klar, dass keineswegs bewiesen ist, dass wir irgendwo eingebrochen sind, oder wir zeigen ihn wegen Verleumdung an. Guten Tag!«

Ein Besuch im Museum

Auf dem Heimweg hatten die drei ??? viel Zeit, sich über den Pförtner, B. S. und die gesamte ›Carino Daily Post‹ aufzuregen, denn sie standen im Stau. Bob hatte die geniale Idee gehabt, den Santa Monica Freeway zu meiden und stattdessen den Wilshire Boulevard entlangzufahren, an dem sich nicht nur fast alle wichtigen Museen von Los Angeles, sondern auch mehrere Parks, Vergnügungszentren und Finanzhochburgen befanden. Auch heute lag eine dichte Glocke aus Abgasen über der Stadt und hüllte die endlose Autoschlange in erstickenden grauen Dunst. Den blauen Himmel Kaliforniens konnte man hier nicht einmal erahnen.

Justus schnupperte.

»Nicht atmen«, warnte Bob. »Sobald du hier tief einatmest, brechen mindestens fünf Sorten Krebs gleichzeitig aus.«

»Ach, Krebse interessieren mich nicht. Aber der Geruch erinnert mich an etwas, ich komme nur nicht darauf, was es ist. Es könnte ...«

»Man nennt es Smog.« Bob trat auf die Bremse, um nicht dem vor ihm fahrenden Auto gegen die Stoßstange zu krachen. »Und demnächst nehmen wir die Fahrräder!«

»Dann kommen wir nicht einmal lebend bis auf den Highway.«

Justus runzelte die Stirn und schnupperte noch einmal, aber die Erinnerung war wieder weg.

Schneckengleich schoben sie sich den Wilshire Boulevard entlang, bis auf der rechten Seite Palmen, ein großer Teich und mehrere kunstvoll verschachtelte Gebäude auftauchten. Eins davon trug auf dem Dach mehrere geschwungene Steingebilde, die wie Elefantenstoßzähne aussahen. Justus setzte sich auf. »Was haltet ihr von einem Museumsbesuch?«

Bob begriff sofort. »Wegen der geklauten Madonna? Das ist aber sieben Jahre her, Justus!«
»Egal. Hauptsache, wir kommen von dieser Straße weg!«

Von früheren Fällen her kannten die drei ??? das Los Angeles County Art Museum schon recht gut, aber mit dem Arts & Crafts Museum hatten sie bisher noch nicht zu tun gehabt. Gemeinsam mit einigen anderen Gebäuden stand es in einem weitläufigen Park, der direkt an den Wilshire Boulevard grenzte. Dieser Park wirkte in der modernen Millionenstadt mit ihren Wolkenkratzern, der glitzernden Filmindustrie und dem Verkehrschaos seltsam fehl am Platz, denn hier befand sich ein Ausgrabungsgebiet, in dem man die Überreste von Mammuts, Säbelzahntigern, Riesenfaultieren und anderen Tierarten gefunden hatte, die vor über fünfzehntausend Jahren in dieser Gegend gelebt hatten. Diese Fundstücke wurden im George C. Page Museum gezeigt, dem Gebäude mit den Stoßzähnen auf dem Dach, das gleich neben dem Arts & Crafts Museum stand.
Am Parkplatz kaufte Bob sich einen Museumsführer und blätterte darin. »Wenn wir Mammuts sehen wollen, müssen wir bis fast zur Straße gehen«, sagte er, »Irgendwo da hinten steht eine ganze Mammutfamilie an einem Teich – zwei große und zwei kleine.«
»Falsch«, sagte Justus. »Es sind nur noch zwei große und ein kleines. Seht mal.« Er zeigte über den Parkplatz. Am anderen Ende stand ein LKW, auf dessen Ladefläche ein Tier festgebunden war, das einem kleinen Elefanten ähnelte. Der Rüssel der Figur war abgebrochen und Kopf und Rücken waren mit Graffiti beschmiert. Die untere Hälfte konnten sie von ihrem Standort aus nicht sehen.
Sie schauten zu, wie ein junger Mann aus dem Museum kam, ins Führerhaus des LKW kletterte und mit dem Mammut da-

vonfuhr. »Das wird jetzt wohl repariert und gereinigt. Und wir haben keine Zeit für Mammuts.«
Sie gingen um das George C. Page Museum herum und betraten das Arts & Crafts Museum. »Antike Plastiken, französische Gemälde des 18. Jahrhunderts, indianisches Kunsthandwerk, aztekische Sonderausstellung«, las Bob vor. »Hier! Italienische Kunst der Renaissance. Da gibt es sicher massenweise Madonnenstatuen.«
Sie wanderten durch die Säle des Museums, machten einen kleinen Abstecher zur Sonderausstellung über die Azteken und erreichten schließlich Saal XII, in dem die italienischen Kunstgegenstände ausgestellt waren.
Das Erste, was sie sahen, war eine Marienstatue, fast drei Meter hoch und strahlend weiß, die sie lächelnd und mit ausgebreiteten Armen willkommen zu heißen schien. Der Rest des Saals wirkte danach eher dunkel, mehr wie eine Höhle als ein Ausstellungsraum. Tatsächlich hatte man mehrere höhlenartige Nischen abgeteilt, in denen Statuen der Muttergottes in unterschiedlichen Größen aufgestellt waren. An den Wänden hingen Gemälde von italienischen Städten und Landschaften des 16. Jahrhunderts. Außer zwei Wächtern befand sich niemand im Saal, aber durch die vielen Statuen schien er trotzdem nicht menschenleer zu sein.
Manche der Statuen zeigten die Madonna mit Kind, manche nur sie allein. Eine stand klagend unter dem Kreuz, eine andere kniete betend in einer besonders naturalistisch hergerichteten Grotte.
»Was heißt eigentlich Renaissance?«, fragte Peter.
»Wiedergeburt«, sagte Justus prompt. »Es ist die Bezeichnung für eine Kunst-, Architektur- und Philosophierichtung im 14. bis 16. Jahrhundert, in der die Ideale und Werte der griechisch-römischen Antike wieder aufgegriffen wurden. Der berühm-

teste italienische Vertreter ist Michelangelo Buonarotti, der von 1475 bis –«

»Komisch«, unterbrach Bob. »Hier in dem Heft steht, dass es eine Madonna mit Kelch war, die vor sieben Jahren gestohlen wurde. Aber da drüben steht sie doch!«

Er zeigte auf eine kleine Nische, in der eine bunt bemalte, etwa einen Meter große Figur der Madonna stand. In der Hand hielt sie einen Kelch. Die drei ??? gingen zu der Nische und schauten sich die Statue genau an.

»Also wurde sie gar nicht gestohlen!«, sagte Peter.

»Oder sie wurde schon wiedergefunden.« Ärgerlich klappte Bob das Heft zu. Veraltete Informationen gehörten zu den Dingen, die er überhaupt nicht leiden konnte.

Aber Justus sagte: »Weder noch. Es ist eine Replik, eine Nachbildung.«

Peter und Bob starrten ihn an. »Manchmal bist du mir wirklich unheimlich«, sagte Peter. »Erst weißt du alles über die Renaissance, und jetzt das! Woher weißt du, dass es eine Nachbildung ist?«

»Es steht hier«, sagte Justus grinsend und trat einen Schritt beiseite, um das Schild freizugeben, vor dem er gestanden hatte. »Tja, wer lesen kann, ist klar im Vorteil!« Peter schlug nach ihm, und er wich rasch aus.

»Replik von S. Manning, Los Angeles«, las Bob vor. »Tatsächlich.« Er klappte sein Heft wieder auf und verglich die Statue mit dem Bild. »Sie sieht wirklich genauso aus wie das Original.«

Peter schaute sich im Saal um und wies auf einen Schaukasten, in dem diverse Zeitungsausschnitte aushingen. »Sehen wir mal da nach.«

Die meisten Zeitungsartikel berichteten über erfolgreiche Ausstellungen, hohe Besucherzahlen und besondere Ehrengäste.

Aber es gab tatsächlich auch einen, der schon recht vergilbt war und sich mit dem Diebstahl der Madonna befasste.

»In der Nacht zum Dienstag entwendeten unbekannte Täter eine wertvolle Madonnenstatue aus den Ausstellungsräumen des Arts & Crafts Museums. Die Täter machten sich einen dreiminütigen Ausfall des Überwachungs- und Beleuchtungssystems zu Nutze, der durch einen Kurzschluss bei Schweißarbeiten entstanden war. Wie sie in das Gebäude gelangten, ist noch unbekannt. Alle Fenster und Türen waren unversehrt. Die Polizei nahm einen verdächtigen Mitarbeiter vorübergehend fest, musste ihn aber aus Mangel an Beweisen wieder auf freien Fuß setzen.
Da bei dem Einbruch nur ein einziger Gegenstand entwendet wurde, geht die Polizei davon aus, dass es sich um eine Fortsetzung der Diebstahlserie handelt, die vor zwölf Jahren mit dem Diebstahl eines Ebenholzkästchens aus dem Besitz Francisco Pizarros (1475–1541) begann. In jedem Jahr wurde nur ein einziger wertvoller Gegenstand gestohlen.
Der Diebstahl der Madonnenstatue löste in der gebildeten Kunstwelt Abscheu und Entsetzen aus. Das Kunstwerk stammt aus dem frühen 16. Jahrhundert und wird einem Schüler Michelangelos zugeschrieben. Wie schon in den vergangenen Jahren erklärte sich der bekannte Sammler und Kunstmäzen, der Transporthändler Roger Pen- (Fortsetzung auf Seite 12)«

Die drei ??? suchten den ganzen Schaukasten ab, aber es gab keine Seite 12.
»Interessant«, sagte Justus. »Wir sollten versuchen, diese fehlende Seite 12 zu finden.«
»Warum?«, fragte Peter. »Ich dachte, wir hätten schon einen Fall.«
»Stimmt, Zweiter. Aber fällt euch an dem Namen da nichts auf?«

»Roger Pen-? Nein, was denn?«
»Wisst ihr nicht mehr, was uns Inspektor Cotta erzählt hat? José hat bis vor einem halben Jahr für einen Transporthändler gearbeitet. Und dessen Name war Pentecost!«
»Stimmt!«, sagte Bob. »Wenn Josés ehemaliger Arbeitgeber tatsächlich dieser bekannte Sammler und Kunstmäzen ist, wundert es mich nicht, dass Cotta uns verboten hat, ihn zu befragen. So ein Mann will sicher nicht von drei Nachwuchsdetektiven aus Rocky Beach belästigt werden.«
»Was uns selbstverständlich nicht daran hindern wird, ihn trotzdem zu belästigen.« Justus schob entschlossen das Kinn vor. »Wenn ich mich nicht sehr irre, haben wir dadurch eine Verbindung zwischen Josés Madonna und der Statue hier!«
»Mit einem kleinen Unterschied«, sagte Peter. »Die hier ist nicht schwarz. Weder das Holz noch die Bemalung. Ein so guter Replikeur …«
»Replikator.«
»– also, so jemand würde doch nicht erst auf jedes Detail achten und dann die Farbe vergessen.«
»Stimmt. Aber das klären wir schon noch auf. Was haltet ihr davon, wenn wir uns noch ein bisschen umsehen? Vielleicht finden wir heraus, was noch alles gestohlen wurde.«
»Gute Idee«, sagte Bob. »Wenn diese Diebstahlserie so regelmäßig weitergegangen ist, müssten ja inzwischen mindestens zehn Gegenstände verschwunden sein.«
Sie verließen den Saal, vorbei an einem der schweigsamen Wächter, und machten sich auf einen neuen Rundgang. Jetzt, da sie darauf achteten, fanden sie unter mehreren Statuen und Plastiken, die Justus ohne Zögern für echt erklärt hätte, den Hinweis »Replik von S. Manning, Los Angeles«. Alle waren innerhalb der letzten zehn Jahre angefertigt worden und alle ersetzten geraubte Kunstwerke.

»Also, wer immer S. Manning ist, er ist ganz schön begabt«, sagte Bob. »Ich hätte nie gedacht, dass dieser mexikanische Krug, der indianische Rabe da hinten und die italienische Madonna von dem gleichen Künstler stammen.«
»Wir hatten es doch schon öfter mit Kunstfälschern zu tun«, erinnerte Justus. »Die müssen genial sein, damit ihr Stil eben nicht verrät, dass das Kunstwerk eine Fälschung ist.«
»Ist es denn noch eine Fälschung, wenn das Original gestohlen wurde und die Replik ganz legal als Ersatz hingestellt wird?«, fragte Peter.
»Das übersteigt meinen derzeitigen Kenntnisstand«, sagte der Erste Detektiv.
»Endlich wieder ein Tag, an dem unser Erster etwas nicht weiß!«, witzelte Bob. »Den streiche ich mir rot im Kalender an!«
Justus boxte ihn gegen die Schulter. Damit hatte Bob nicht gerechnet. Er verlor das Gleichgewicht, stolperte zur Seite und klammerte sich haltsuchend an ein Gemälde, das an der Wand hing.
Augenblicklich gingen überall Scheinwerfer an und eine Sirene heulte los. Die Türen schwangen zu und mit hörbarem Klicken rasteten Riegel ein. Leute schrien auf. Die drei ??? standen starr vor Schreck da, als kaum fünf Sekunden später eine unscheinbare Nebentür aufsprang und vier Wächter mit gezückten Pistolen in den Raum stürmten.

Wenig später wurden die drei ??? wie Verbrecher in das Büro der Museumsleiterin geführt. Milena Osborne war eine eher untypische kalifornische Blondine Ende Dreißig, die weder ihre ersten grauen Haare noch die ersten Falten zu verstecken versuchte, in einem eleganten grauen Kostüm steckte und die drei Übeltäter kalt musterte, während der Museumswächter erklärte, wie sie den Alarm ausgelöst hatten.

»Danke, Mr MacKenzie«, sagte sie, als er fertig war. »Sie können gehen. Mit drei Halbwüchsigen werde ich schon allein fertig.«
Der Wächter verließ das Büro, und Mrs Osborne schaute die drei ??? an. »Nun, was habt ihr zu sagen?«
»Dass Sie ein ausgezeichnetes Sicherheitssystem haben«, sagte Justus. »Umso bedauerlicher finde ich es, dass es offenbar ungeeignet ist, echte Verbrecher aufzuhalten.«
Sie zog eine Braue hoch. »Du bist ziemlich dreist, junger Mann. Weißt du eigentlich, was dieser Einsatz des Sicherheitsdienstes kostet, den ihr durch euer albernes Herumtoben ausgelöst habt?«
»Nein«, sagte Justus unbeirrt, »aber ich weiß, dass Sie hier ein Problem haben. Wir sind bereit, Ihnen zu helfen.« Mrs Osborne holte tief Luft, aber er zog schon eine Visitenkarte aus der Tasche und hielt sie ihr hin. »Wir sind Detektive. Darf ich Ihnen unsere Karte geben?«

»Detektive?«, fragte Mrs Osborne gereizt. »Das ist doch lächerlich.«
»Durchaus nicht. Ihren Kollegen vom Los Angeles County Art

Museum sind wir durch frühere Ermittlungen schon recht gut bekannt.«

Jetzt warf sie einen Blick auf die Karte. »Ach, ihr seid das?« Ihre Stimme wurde ein wenig freundlicher, aber nicht sehr. »Und ihr stellt eure Ermittlungen an, indem ihr Gemälde herunterreißt?«

»Das war ein Versehen«, sagte Bob. »Tut mir Leid.«

»Es gab uns immerhin die Gelegenheit festzustellen, dass Ihr Sicherheitssystem ausgezeichnet funktioniert«, sagte Justus. »Wie ist es möglich, dass trotzdem seit zwölf Jahren immer wieder Gegenstände aus Ihrem Haus verschwinden?«

Wütend starrte sie ihn an. »Du magst Detektiv sein oder auch nicht, aber Frechheiten lasse ich mir nicht gefallen. Die Polizei befasst sich mit diesen Diebstählen! Ihr habt im Moment ein ganz anderes Problem!«

»Ich wollte nicht unhöflich sein«, sagte Justus ehrlich überrascht. »Ich wollte Ihnen nur ein paar Fragen –«

»Vierhundert Dollar«, unterbrach sie ihn barsch.

Justus stutzte. »Wie bitte?«

»So viel kostet dieser unsinnige Sicherheitseinsatz. Dank der Diebstähle habe ich mittlerweile erstklassiges Wachpersonal im Haus und du hast keine Vorstellung, was das kostet. Über diese Rechnung werden sich eure Eltern bestimmt freuen. Wenn ihr geht, hinterlasst ihr eure Namen und Adressen bei meiner Sekretärin. Ist das klar?«

»Ja, Madam. Darf ich Ihnen trotzdem ein paar –«

»Und lasst euch nicht einfallen, dieses Museum noch einmal zu betreten.«

Justus schob das Kinn vor. »Ja, Madam. Da wir uns jetzt einig sind, können Sie mir vielleicht trotzdem ein paar Fragen beantworten.«

Wütend starrte sie ihn an. Justus starrte zurück. Und was we-

der Bob noch Peter erwartet hatten – plötzlich lachte sie. »Du gibst wohl nicht so schnell auf? Also gut. Was willst du wissen?«
Justus lächelte zufrieden. »Eigentlich nicht viel. Wer ist Roger Pen... irgendwas?«
»Wie bitte?«
»Wir haben im Schaukasten einen Artikel über die Diebstahlserie gefunden«, sagte Bob, der nun wirklich nicht die ganze Zeit als stummer Schatten daneben stehen wollte. »Leider fehlt die zweite Seite und der Name brach mittendrin ab.«
»Wirklich? Das ist mir nicht aufgefallen. Der Name ist Pentecost.«
»Der Inhaber der Transportfirma Pentecost?«, fragte Justus unschuldig weiter.
»Wie kommst du denn darauf? Nein, die Firma heißt ›Great Deliverance‹.«
»Aber es ist eine Transportfirma?«
»Ja, natürlich. Mr Pentecost organisiert schon seit Jahren den Transport unserer Ausstellungsstücke. Und er ist ein großer Kunstkenner und Förderer unseres Museums.«
»Ja, das haben wir gelesen«, sagte Peter. »Was tut Mr Pentecost denn, um das Museum zu fördern?«
»Nun, er veröffentlicht zunächst einmal eine ganze Reihe Artikel in seiner Zeitung und –«
Die drei ??? waren plötzlich wie elektrisiert. Justus beugte sich vor. »In seiner Zeitung?«
»Ja, die ›Carino Daily Post‹«, sagte Mrs Osborne. »Er ist der Herausgeber. Die ›Post‹ hat jeden Samstag eine Kunstbeilage.«
»Das ist ja sehr interessant.« Justus hoffte, dass seine Stimme nicht zu angespannt klang. »Und was tut er im Zusammenhang mit den Diebstählen?«
»Er spendet uns Repliken der gestohlenen Gegenstände.«
»Was heißt ›er spendet sie‹?«

»Dass er sie herstellen lässt und bezahlt. Die Repliken sind zwar wertlos im Vergleich zu den Originalen, aber sie kosten schon eine Menge Geld. Wir sind Mr Pentecost sehr dankbar …« Mrs Osborne seufzte. »Noch dankbarer wären wir natürlich, wenn die Polizei diese Diebe endlich fangen würde. Es ist uns allen ein Rätsel, wie sie die Sachen immer wieder so schnell aus dem Gebäude herausschaffen und wegtransportieren können.«
»Wie war denn der genaue Ablauf der Einbrüche?«, fragte Justus.
»Darüber werde ich euch nichts sagen.«
»Aha«, sagte Justus. »Nun ja. Vielen Dank, Sie haben uns sehr geholfen! Kommt, Kollegen!«
»Gern geschehen«, sagte Mrs Osborne. »Auf Wiedersehen. Und vergesst nicht, eure Rechnungsadresse bei meiner Sekretärin zu hinterlassen.«
»Ganz sicher nicht … ach, noch etwas.« Justus, der schon an der Tür war, drehte sich um. »Kennen Sie zufällig einen José Santanda?«
»José?«, fragte Mrs Osborne überrascht. »Das war doch einer von Mr Pentecosts Fahrern, oder? Aber soviel ich weiß, hat er die Firma verlassen. Warum interessiert Ihr euch für ihn?«
»Ach, nur so«, antwortete Justus. »Wiedersehen, Mrs Osborne!«
Auf dem Rückweg hieb Justus auf das Armaturenbrett. »Endlich klappt mal etwas! Wir haben eine Verbindung zwischen José und dem Museum!«
»Würdest du bitte trotzdem aufhören, mein Auto zu verprügeln?«, bat Bob. »Außerdem ist mir noch nicht so ganz klar, was das jetzt bedeutet.«
»Nicht? Ich finde es ganz logisch«, sagte Peter. »José arbeitet für Pentecost, sieht die Madonna bei einem Transport, findet sie hübsch, klaut sie und versteckt sie unter seinem Bett. Irgendjemand – vielleicht dieser Jeff – kommt ihm auf die Schliche,

schmeißt ihn ins Wasser und bricht in die Wohnung ein. Madonna weg, Fall gelöst.«

»In deiner logischen Beweisführung klaffen leider einige Lücken, Zweiter«, sagte Justus. »Wir haben es mit einer ganzen Serie von Diebstählen zu tun, die vor zwölf Jahren anfing – aber da war José vielleicht gerade mal zehn Jahre alt. Nein, hinter den Diebstählen stecken andere Leute. Und was die Madonna betrifft: warum ist sie schwarz? Und viel wichtiger: wo ist sie jetzt?«

Sie trennten sich am Schrottplatz. Bob fuhr Peter nach Hause, und Justus betrat den Hof und schloss das Tor sorgfältig hinter sich ab. Dann machte er sich auf den Weg zur Zentrale, dem zum Detektivbüro umgebauten alten Campinganhänger. Eine ganze Weile hatte die Zentrale weithin sichtbar auf dem Platz gestanden. Aber jetzt war sie wieder hinter einem riesigen Berg Schrott versteckt, so dass sie nur noch durch die sorgfältig angelegten neuen Geheimgänge oder von Justs Freiluftwerkstatt am Zaun aus betreten werden konnte. Das hatte mehrere Vorteile – zum Beispiel den, dass Tante Mathilda nun nicht mehr plötzlich in der Tür stehen und die Detektive zum Arbeiten verdonnern konnte. Außerdem hielt der Schrottberg die sengende Sonne ab, so dass es in der Zentrale immer angenehm kühl war. Justus öffnete die Tür eines sehr großen, uralten Kühlschranks und stieg hinein. Die Rückwand des Schranks ließ sich nach einem Druck auf einen Hebel zur Seite schieben. Dies war das neue »Kalte Tor«. Er schlüpfte hindurch und schob die Rückwand gewissenhaft wieder an ihren alten Platz. Nun befand er sich unter einem rostigen Wellblechdach, das schräg gegen einen Haufen Schrott gelehnt stand und genug Platz ließ, um zur Tür der Zentrale zu gelangen. Justus öffnete die Tür und kletterte hinein. In der Dunkelheit blinkte das rote Lämpchen am Anrufbeantworter. Das Gerät zeigte tatsächlich vier Anrufe an, aber als Justus ihn einschaltete, hörte er nur das Besetztzeichen, das verriet, dass der Anrufer sofort wieder aufgelegt hatte – viermal hintereinander. Noch während er zuhörte, klingelte das Telefon. Er zuckte zusammen, machte Licht und nahm den Hörer ab.

»Justus Jonas von den drei Detektiven.«

»Hör mal, Junge«, sagte eine böse Männerstimme, die Justus sofort wiedererkannte. Das war der Mann mit der Clownsmaske, der José ins Wasser geworfen hatte! Augenblicklich schaltete er das Aufnahmegerät ein. »Ihr habt euch da in eine Sache eingemischt, die euch nichts angeht. Wenn ihr clever seid, vergesst ihr die Madonna.«

»Welche Madonna?«, fragte Justus dümmlich.

»Frag nicht so blöd, du weißt genau, wovon ich rede. Wir haben euch auf dem Museumsparkplatz gesehen. Ich warne euch, ihr steht auf der falschen Seite. José Santanda ist nichts weiter als ein schmieriger kleiner Dieb, der bekommen hat, was ihm zusteht. Kommt ihm besser nicht mehr zu nahe. Klar?«

»Hören Sie, José ist unser Auftraggeber. Sie können uns nicht daran hindern, Ermittlungen anzustellen!«

»Das kann ich nicht?«, sagte der Mann mit einem hässlichen Auflachen. »Pass mal auf, Bürschchen. Ihr habt doch da so ein albernes Ofenrohr oben auf dem Schrottberg auf eurem Platz.«

Justus runzelte die Stirn. Er warf einen Blick auf sein selbst gebautes Periskop, das durch die Decke der Zentrale ragte. »Ja … und?«

Im nächsten Moment krachte es über ihm. Metall kreischte, und das Periskop wurde aus seiner Halterung gerissen. Scherben und Splitter flogen durch die Zentrale. Justus erschrak so sehr, dass er das Telefon fallen ließ und sich flach auf den Boden warf, ohne auch nur eine Sekunde nachzudenken. Irgendwo fing ein Hund an zu bellen.

Justus sprang auf und stürmte aus der Zentrale in seine Freiluftwerkstatt. So schnell wie noch nie kletterte er auf ein altes Eisenbettgestell, von da aus auf einen gusseisernen Ofen und dann auf einen Schrank. Jetzt war er auf gleicher Höhe mit dem Zaun. Er schob sich höher und spähte auf die Straße. Dort stand ein unbeleuchtetes Auto. Als überall in der Nachbarschaft Lichter angingen, Türen und Fenster aufgerissen wurden, setzte sich der Wagen in Bewegung. Die Scheinwerfer blieben aus. Er bog um die Ecke und verschwand.

Der Fluch der Madonna

»Es war ein dunkler Ford Escort«, sagte Justus am nächsten Tag, als sie alle drei in der Zentrale saßen, die traurigen Überreste des Periskops vor sich auf dem Tisch. »Unser Clown hat vom Wagen aus angerufen und auf das Periskop geschossen. Meinem Onkel und meiner Tante habe ich etwas von randalierenden Steinewerfern erzählt. Wenn sie wüssten, dass hier jemand Dinge auf unserem Platz abschießt, würden sie durchdrehen.«
»Das tue ich auch«, sagte Peter wütend. »Unser Periskop kaputtzumachen! Kannst du es wieder reparieren, Just?«
»Ich glaube nicht, dass das viel Sinn hat.« Trübselig schaute Justus die Trümmer an. Das Ofenrohr war vorher schon rostig gewesen und die Kugel hatte ein riesiges Loch hineingeschlagen. Von den kunstvoll angebrachten Spiegeln im Inneren des Rohres waren nur noch Scherben übrig. »Ich überlege mir eben etwas anderes.«
»Ich möchte das Band noch mal hören.« Bob spulte das Band zurück.
»Wir haben es doch schon dreimal gehört!«, sagte Peter. »Wozu willst du denn –« Er unterbrach sich, als Bob die Wiedergabetaste drückte und das Band zu laufen begann.
»– genau, wovon ich rede. Wir haben euch auf dem Museumsparkplatz gesehen. Ich warne euch, ihr steht auf der falschen Seite. José Santanda ist nichts weiter als ein schmieriger kleiner Dieb, der –« Bob spulte kurz vor. »– auf dem Schrottberg auf eurem Platz. – Ja … und?« Dann ein Krachen und Kreischen, Justus' erschrockenes Keuchen, mehrere Scharr- und Stoßgeräusche, das Quietschen der Tür. Jemand im Hintergrund lachte höhnisch und der Anrufer sagte: »Nächstes Mal trifft es nicht nur so ein blödes Ofenrohr, ihr Schrottplatzdetektive.«

Dann legte er auf.
»Du wolltest doch bloß noch mal hören, wie Justus sich platt auf den Boden wirft«, spottete Peter.
»Nein, du Schrottplatzdetektiv, ich versuche, irgendeinen Anhaltspunkt zu finden.«
»Also wollt ihr den Fall nicht aufgeben?«, fragte Justus.
Bob und Peter starrten ihn an. »So ein Vorschlag aus deinem Mund?«, fragte Peter. »Bist du krank? Hast du deine letzte Pizza nicht vertragen?«
»Ich möchte nur, dass uns wirklich klar ist, was wir tun. Immerhin war das eine handfeste Drohung. Und der Kerl hat unseren Auftraggeber beschuldigt, ein Dieb zu sein.«
»Dann sollten wir herausfinden, ob das stimmt«, sagte Bob. »Wir übernehmen jeden Fall – also auch diesen. Es sei denn, du willst in Zukunft auf der Rückseite unserer Visitenkarte die Ausnahmen festhalten: Keine Zusammenarbeit mit Skinny Norris, keine Verbrecher als Auftraggeber –«
Justus grinste, fuhr aber hartnäckig fort: »Aber wir haben es mit Leuten zu tun, die vor Gewaltanwendung nicht zurückschrecken. So viel wissen wir ja schon. Sie konnten zwar sicher sein, dass José so dicht am Strand, mit Hunderten von Zuschauern und der Küstenwache direkt am Pier nicht ertrinken konnte, aber es war trotzdem ziemlich brutal, ihn einfach ins Wasser zu werfen. Und ich hatte den Eindruck, dass dieser Clown seine Worte ernst meinte.«
»Wir sind schon öfter bedroht worden«, sagte Peter. »Seit wann hält uns das auf? Es beweist doch nur, dass wir da wirklich einer größeren Sache auf der Spur sind! Und ich sehe es nicht ein, Leute zu retten, ohne herauszufinden, um was es eigentlich geht.«
»Peter hat Recht«, sagte Bob. »Wir müssen eben vorsichtig sein. Aber ich finde, dass wir unseren Eltern keine Rechnung über

vierhundert Dollar vorzeigen sollten, ohne wenigstens einen Ausgleich zu haben. Zum Beispiel einen Finderlohn für das Wiederauffinden gestohlener Museumsstücke.«

Justus nickte. »Das denke ich auch. Was haben eure Eltern eigentlich zu dem Zeitungsartikel gesagt?«

»Nichts, zum Glück.« Bob ging zum Kühlschrank und kam mit drei Flaschen Cola zurück, die er verteilte. »Die Carino Daily Post erscheint hier nämlich nicht. Und sobald ein Journalist auftaucht, um nach den berühmten Detektiven zu fragen, lenkt mein Vater ihn ab, indem er ihm so lange und ausführlich alles über das letzte Footballspiel der Rocky Beach und San Fernando High Schools erzählt, bis der arme Kerl nicht mehr weiß, ob er Männchen oder Weibchen ist. Und die meisten hauen ab, ohne nochmal nach uns zu fragen.«

»Dein Vater ist schon Klasse«, sagte Peter grinsend. »Meine Mutter aber auch. Die will den Zeitungen nämlich absolut nichts über Kindheit und Jugend des Helden von Carino Beach erzählen und hat meinen Großvater angerufen. Und der sitzt jetzt mit einer Schrotflinte vor dem Haus. Da kommen die Reporter gar nicht erst bis zur Tür.«

Justus lachte. »Ich glaube, unsere Erziehungsberechtigten können ganz gut auf sich aufpassen. Onkel Titus ist ganz plötzlich schwerhörig und glaubt, jeder Journalist am Tor wollte sich um einen Hilfsjob bewerben. Nach dem dritten Eisentor, das die armen Burschen von links nach rechts und wieder zurück schleppen müssen, sind sie ganz schnell wieder weg.« Sie lachten alle drei, prosteten sich zu und tranken. »Also machen wir weiter?«

»Na klar doch.«

»Gut. Was für Anhaltspunkte haben wir?«

»Das Museum«, sagte Bob. »Der Kerl sagte, sie hätten uns beim Museum gesehen.«

»Nicht nur das – er sagte *auf dem Museumsparkplatz*«, sagte Justus. »Soweit ich mich erinnere, war der aber ziemlich leer. Wen haben *wir* dort gesehen?«

Sie überlegten.

»Clowns waren da jedenfalls nicht«, sagte Peter. »Nur dieser Lastwagen mit dem –«

»Mammut!«, sagten Bob und Justus wie aus einem Mund. Justus richtete sich auf. »Stimmt, Zweiter! Da wurde gerade ein kleines Mammut abtransportiert. Wir sollten herausfinden, wer den Lastwagen gefahren hat!«

»Wie denn? Wir haben doch Hausverbot im Arts & Crafts.«

»Ja, aber das Mammut gehört zum George C. Page Museum. Und da haben wir kein Hausverbot!«

»Da fällt mir ein, dass das Page Museum auch in den Berichten über die Diebstähle erwähnt wurde, die ich heute im Archiv gefunden habe«, sagte Bob und zog einen Zettel aus der Tasche. »Wollt ihr's hören?«

»Natürlich! Fang an!«

»Also, vor zwölf Jahren fing die Diebstahlserie an. Alle Diebstähle ereigneten sich nachts, und immer fiel für drei oder vier Minuten das gesamte Alarmsystem samt Videokameras aus – sowohl drinnen als auch draußen, und zwar nicht nur die Kameras des Arts & Crafts, sondern auch die des Page Museums. Gestohlen wurden immer nur einzelne Teile, die man allein tragen konnte, so dass die Polizei auf einen Einzeltäter schloss. Pro Jahr wurde immer nur ein Gegenstand mitgenommen. Ziemlich schnell fiel der Verdacht auf die Angestellten des Museums, die in diesen Nächten Dienst hatten. Aber alle hatten ein Alibi. Keiner war jemals länger als zwei Minuten allein, und in der Zeit kann man das Museumsgelände nicht ungesehen verlassen. Es gab eine Menge Spuren und Verdächtigungen, aber keine Beweise. Die Polizei nahm einen der Nachtwächter fest, musste ihn aber wieder laufen lassen, weil sie ihm nichts nachweisen konnten. Und bevor ihr fragt – José Santanda war nie ein Nachtwächter des Arts & Crafts Museums.«

»Das wäre auch zu einfach gewesen.«

»Und bevor du auf irgendwelche Ideen kommst – ich werde *auch* kein Nachtwächter«, sagte Peter mit Nachdruck.

»Schade«, sagte Justus.

»Natürlich kann es sein, dass sich zwei oder mehrere der Angestellten gegenseitig Alibis verschafft haben«, fuhr Bob fort. »Aber in den Nächten, in denen die Diebstähle begangen wurden, hatten niemals dieselben Leute gleichzeitig Dienst.«

»Hm«, machte Justus. »Für wie lange fielen denn die Videokameras aus?«

»Meistens kaum länger als zwei oder drei Minuten.«

»Dann müssen die gestohlenen Gegenstände doch im Museum versteckt worden sein, damit der Dieb sie später abholen konnte.«

»Das Museum wurde nach jedem Diebstahl auf den Kopf gestellt. Alles wurde durchsucht – sämtliche Schächte, Kisten, Autos auf dem Parkplatz –, aber nie wurde etwas gefunden. Die Sachen waren verschwunden.«

»Interessant«, sagte Justus. »Diese Diebstähle sind eigentlich unmöglich – aber trotzdem hat jemand eine Serie daraus gemacht. Das bedeutet, er hat irgendeine bombensichere Methode, die gestohlenen Gegenstände innerhalb kürzester Zeit zu verstecken. Vielleicht ist es eine Art Versteck, das so offensichtlich ist, dass es niemand bemerkt – wie wenn jemand ein gestohlenes Kleid einfach in den Schrank hängt.«

»Eine Madonna mit Kelch?«, fragte Peter zweifelnd. »Eine afrikanische Maske? Ein Kasten aus afrikanischem Ebenholz? So etwas stellt man doch nicht einfach in der Garderobe ab und hofft, dass es keiner merkt.«

»Stimmt auch wieder. Bob, hast du die Namen der Angestellten des Museums?«
»Nur diejenigen, die schon seit zwölf Jahren dort arbeiten, und das sind mindestens zehn.« Bob warf einen Blick auf seinen Zettel. »John Mackenzie, 42, Susan Hamilton, 45, Steve Bright, 36, Leo DiMarco, 50, Brent Smith, 32 …«
»Brent Smith?« Justus horchte auf. »Das könnte unser B. S. sein! Verflixt – das hätten wir gestern wissen müssen!«
»Ein Museumsangestellter als freier Mitarbeiter der ›Carino Daily Post‹?«, fragte Peter zweifelnd.
»Warum nicht?«, sagte Bob. »Übrigens habe ich auch nach unserem geheimnisvollen Künstler S. Manning geforscht, als ich gerade dabei war. Der Künstler ist eine Künstlerin, heißt Sybil Manning und wohnt im Norden von Los Angeles.«
»Sehr gut, Bob«, sagte Justus.
»Aber irgendwie sind mir das schon zu viele Spuren«, sagte Peter. »Falls es wirklich welche sind! Wie sollen wir Josés Madonna wiederfinden, solange wir nicht einmal ganz sicher wissen, ob es dieselbe ist wie die gestohlene aus dem Museum? Können wir José nicht einfach besuchen und ihn danach fragen?«
»Und du glaubst, dass José so etwas zugeben würde? Unser anonymer Anrufer hat ihn beschuldigt, ein Dieb zu sein. Wenn du an einer Serie von Kunstrauben beteiligt wärst – würdest du es drei Detektiven erzählen? Wahrscheinlich bereut er sowieso schon, dich da hineingezogen zu haben.«
»Falls er inzwischen aufgewacht ist«, sagte Bob. »Also klappern wir jetzt die Adressen ab?«
Justus schüttelte den Kopf. »Nein. Peter hat Recht, wir dürfen uns nicht verzetteln. Uns fehlen noch ein paar Informationen zu dem Einbruch in der Laguna Street, und ich weiß auch, wer uns die geben kann.«

»Das gibt's doch nicht!« Justus schlug wütend mit der Hand aufs Armaturenbrett. »In diesem Fall klappt aber auch nichts!«
»Kein Grund, mein Auto zu verprügeln«, sagte Bob und betrachtete trübsinnig die völlig verstopfte Straße vor ihnen. »Es bleibt uns wohl nichts anderes übrig, als uns in die Schlange zu stellen.«
»Dann kommen wir nie an! Nein, wir machen es anders. Wir mieten ein Boot!«
Auch hier erwies sich die Durchführung als nicht so einfach, da viele Einheimische den Transport der Touristen zum Carino Beach als lohnende Einnahmequelle entdeckt hatten. Zähneknirschend bezahlten die drei ??? den horrenden Fahrpreis von vierundzwanzig Dollar und mussten sich mit zwanzig anderen Leuten auf einem viel zu kleinen Boot zusammenquetschen.
Schon von weitem konnten sie die Menschenmassen sehen, die sich auf dem Strand und dem Pier an den Ständen drängten. Eine riesige Bühne war aufgebaut worden und dumpfer Rhythmus wummerte über das Meer. Oben an der Straße, wo vorher nur ein paar Trucks gestanden hatten, lockte jetzt ein Jahrmarkt mit Achterbahn und Riesenrad die Besucher an.
Das Boot setzte seine Passagiere am Pier ab, wendete und preschte davon. Die drei ??? kletterten nach oben – und fielen fast rückwärts wieder hinunter. Es war brechend voll. Mühsam bahnten sie sich ihren Weg durch das Getümmel. Wo Onkel Titus' Stand gewesen war, hatte jetzt ein Donutverkäufer seinen Wagen aufgestellt. Josés Platz war von einem Afrikaner mit Holzschnitzereien belegt worden. Aber die ??? hatten keinen Blick für die ausgestellten Waren. Sie kämpften sich durch die schubsende, schwitzende Menge und entkamen endlich in die Straßen von Carino Beach.
Zum Glück war die Innenstadt für den Verkehr gesperrt wor-

den, denn sonst wäre das Leben in der kleinen Stadt völlig zusammengebrochen. Aber auch hier wimmelte es von Touristen. Die Läden hatten geöffnet und machten vermutlich den Umsatz eines ganzen Jahres innerhalb dieser Woche.
Auch in die Laguna Street hatten sich Leute verirrt, aber die meisten machten nur schnell Fotos von den verriegelten Fenstern und den beschmierten Häusern und verzogen sich schnell wieder in touristenfreundlichere Gegenden. Ein paar junge Mexikaner standen vor einem schon seit Jahren geschlossenen Geschäft und beobachteten die drei ???, als sie die Straße entlanggingen und bei Nummer 46 stehen blieben.
Justus drückte auf die unterste Klingel. Und noch einmal. Und noch einmal.
Es dauerte lange, bis sich die Tür öffnete. Ein kleiner, dünner Mann stand vor ihnen. Er trug nur ein Unterhemd und eine Jogginghose und hatte Pantoffeln an den Füßen. Sein Kinn hatte er seit mindestens drei Tagen nicht rasiert.
Sie erkannten ihn sofort – und er erkannte sie auch. Seine Augen wurden groß. Hastig wich er zurück und warf die Tür zu. Blitzschnell schob Justus den Fuß dazwischen. »Warten Sie! Señor Gonzales!«
»Schnell, Fernanda!«, schrie der Mann auf spanisch in den Hausflur. »Die Einbrecher, sie sind wieder zurückgekommen! Ruf die Polizei!«
»Rufen Sie nicht die Polizei!«, rief Justus. »Wir sind keine Einbrecher! Wir wollen nur mit Ihnen reden!«
Señor Gonzales versuchte wieder, die Tür zu schließen, aber gegen Justus' Gewicht kam er nicht an. Endlich gab er auf. »Ich weiß nichts. Ich habe nichts gesehen. Verschwindet!«
»Nun hören Sie doch. Wir sind keine Einbrecher. Wir sind Freunde von José!«
Der Mexikaner schnaubte. »Nein, das seid ihr nicht. Er hat

keine *Gringos* als Freunde. Ich habe euch noch nie gesehen. Macht, dass ihr wegkommt! Fernanda!«
»Ach, Sie haben uns noch nie gesehen?«, rief Peter wütend. »Der Polizei haben Sie aber etwas ganz anderes gesagt!«
»Hören Sie.« Justus senkte die Stimme. »Es geht um eine Madonna. Die *Madre de Dios* – die Muttergottes. Wissen Sie etwas darüber?«
Diesmal lag echtes Entsetzen in den Augen des Mannes. »Nein!« Er wollte Justus wegschieben, aber der Erste Detektiv stemmte sich mit seinem ganzen nicht unbeträchtlichen Gewicht dagegen und blieb stehen. »José hat uns gebeten, die Madonna in Sicherheit zu bringen, aber sie wurde gestohlen. Wir glauben, dass Sie etwas gesehen haben. Vor wem haben Sie solche Angst, Señor? Doch nicht vor uns? Wir haben Ihnen schließlich nichts getan. Wir können Ihnen helfen!«
Der kleine Mann schüttelte nur den Kopf, Verzweiflung in den Augen. »Geht weg. Bitte!«
»Wissen Sie, wer die Statue gestohlen hat? Haben Sie ihn gesehen?«
»Ich kann euch nichts sagen«, wiederholte der Mexikaner. »Ich kann euch nicht trauen –«
»Unsinn!«, sagte Justus ungeduldig. »Wir sind Detektive, keine Verbrecher! Wir versuchen, José zu helfen!«
Jetzt gab der Mann endlich seinen Widerstand auf. Seine Schultern sanken herab und er sah nur noch müde und bitter aus. »Wenn ihr ihm helfen wollt, sucht nicht nach der Statue. Es ist besser, wenn sie für immer verschwunden bleibt.«
»Warum das denn?«, fragte Bob überrascht.
»Weil sie böse ist«, sagte Gonzales leise und bitter. »Ich sollte so etwas nicht sagen, schließlich ist sie die *Madre de Dios* … aber diese Statue ist böse. Sie ist zornig, weil sie gestohlen wurde, und sie hat José vergiftet und ihm nur Unglück gebracht.

Ich glaube, dass sie ihn töten wird … und jeden, der sie unrechtmäßig berührt. Und auch euch wird es übel ergehen, wenn ihr sie sucht.«
Entgeistert starrten die drei ??? ihn an. Da drehte Gonzales sich um, huschte in seine Wohnung und warf die Tür hinter sich zu.

Bob fällt aus

»Das ist natürlich reiner Aberglaube«, erklärte Justus auf dem Weg zur Bushaltestelle. »Es handelt sich um ein geschnitztes Stück Holz. Daran ist nichts Böses.«

»Na ja«, sagte Peter unbehaglich. »José ist aber wirklich krank geworden.«

»Das hat ganz sicher natürliche Ursachen.«

»Aber Justus, überleg doch mal. Wenn diese Statuen in Frankreich und wo auch immer Wunderheilungen vollbringen, dann können sie doch auch sicher jemanden krank machen.«

Justus stöhnte. »Peter! Das tun doch nicht die Statuen! Falls es solche Heilungen wirklich gibt, dann nur, weil die Leute so fest daran glauben, dass sie gesund werden!«

»Schön und gut«, sagte Bob. »Aber was ist, wenn die Leute nun ebenso fest daran glauben, dass sie krank werden?«

»Das ist dann ein Problem«, sagte Justus. »Aber *ich* glaube ganz und gar nicht daran und deshalb wird uns auch nichts passieren.«

»Nett, dass du uns da einbeziehst«, murmelte Peter.

Als der Bus kam, stiegen sie ein und fuhren bis zu dem Parkplatz, an dem sie den Käfer abgestellt hatten. Peter kletterte auf den Rücksitz und Justus auf den Beifahrersitz.

»Was tun wir also jetzt?«, fragte Bob, während er den Käfer auf die Straße nach Los Angeles lenkte. »Fahren wir in die Zentrale?«

»Nein, ich glaube, das hilft uns jetzt nicht«, sagte Justus. »Wir sollten entweder diese Künstlerin Mrs Manning besuchen … oder Mr Pentecost. Mir ist da nämlich Einiges noch nicht ganz klar.«

»Da bist du nicht der Einzige.«

Nach kurzer Zeit fanden sie ein Internetcafé und suchten sich die Adresse des Transportunternehmens ›Great Deliverance‹ von dessen Homepage heraus. Die Firma befand sich tatsächlich gar nicht so weit entfernt auf halbem Weg zwischen Los Angeles und Carino Beach. Sofort machten sich die drei ??? auf den Weg.
Aber schon nach kurzer Zeit wurde Bob nervös. Immer wieder schaute er in den Rückspiegel.
»Was ist los?«, fragte Peter endlich.
»Ich bin nicht ganz sicher«, antwortete Bob, »aber ich glaube, wir werden verfolgt.«
»Was?« Sofort drehten sich Justus und Peter um und spähten durch die schmale Heckscheibe nach hinten. Der Käfer zog eine Reihe breiter Straßenkreuzer hinter sich her, von denen einer nach dem anderen bei erster Gelegenheit zum Überholen ausscherte. Nur ein Wagen blieb beharrlich etwa dreißig Meter hinter ihnen.
»Ein dunkelgrüner Ford Escort«, murmelte Justus. »Irgendwie glaube ich nicht, dass das ein Zufall ist. Kannst du versuchen, ihn abzuhängen, Bob?«
»Mit dem Käfer? Machst du Witze?«
»Schon gut. Wo ist deine Kamera?«
»Im Handschuhfach.«
Justus beugte sich vor und wühlte in dem Fach. »Da ist sie nicht.«
»Da muss sie aber sein.«
»Den einen Typ kenne ich«, verkündete Peter, der sich noch einmal umgedreht hatte. »Das ist einer von den Clowns – der mit den blonden Stoppelhaaren. Das hässliche T-Shirt würde ich jederzeit wiedererkennen!«
»Dann ist das vielleicht auch unser anonymer Anrufer. Bob, hier ist keine Kamera!«

»Doch! Du hast nur nicht richtig – oh, warte mal. Stimmt ja. Die Kamera liegt auf dem Tisch in der Zentrale.«
»Na klasse. Ein guter Detektiv hat seine Ausrüstung *immer* dabei!«
»Du hattest ja auch kein Fingerabdruckpulver in Josés Wohnung.«
»Das ist etwas ganz anderes. Peter, kannst du wenigstens das Nummernschild erkennen?«
Peter reckte sich und spähte nach hinten. »Sie haben keins. Aber sie haben – *eine Pistole!*«, schrie er und warf sich nach unten. »Runter!«
Noch bevor Justus und Bob reagieren konnten, gab es einen Knall. Der Käfer wackelte, als sei er gegen eine Kante gefahren, und dann senkte er sich hinten rechts ab. Im nächsten Moment bog der grüne Ford mit quietschenden Reifen in eine Seitenstraße ein und brauste davon.
Schreckensbleich lenkte Bob den Käfer an den Straßenrand und hielt an. »Die haben mir den Reifen zerschossen! Bist du in Ordnung, Peter?«
»Ja, sicher.« Peter tauchte wieder aus der Versenkung auf. »Just?«
»Ich bin okay.«
Mit zittrigen Knien stiegen sie aus und schauten sich den Schaden an. Der rechte Hinterreifen war völlig zerfetzt. Im Kotflügel war ein deutliches Einschussloch.
»Das beweist mehrere Dinge«, sagte Justus. »Erstens, sie haben uns wirklich verfolgt. Zweitens, sie wollen uns daran hindern, unsere Fahrt fortzusetzen. Drittens, sie wollen uns nur drohen, nicht verletzen.« Er schluckte. »Sonst hätte der Kerl nämlich einfach höher gezielt.«
»Was machen wir denn jetzt?«, fragte Peter.
»Ich falle aus«, sagte Bob. »Ich muss den Wagen abschleppen

lassen und den Reifen reparieren. Der Ersatzreifen ist nämlich schon länger kaputt. Das war's für diesen Nachmittag.«
»Und wir ...« Justus schaute wieder den Reifen an. Es war klar, dass sie gerade nur mit viel Glück davongekommen waren. Beim nächsten Mal würden die Verbrecher vielleicht nicht so zurückhaltend sein.
»Gehen surfen?«, schlug Peter hoffnungsvoll vor.
»... wir fahren mit dem Bus weiter.«

Ein wenig später saß Bob am Straßenrand des Santa Monica Freeway und beobachtete die Autos, die sich im Berufsverkehr an ihm vorbeischoben. Er hatte den Abschleppdienst angerufen, aber der Wagen würde ebenfalls erst einmal eine ganze Weile im Stau stehen. Also hatte Bob viel Zeit, um über den Fall nachzudenken.
Er stellte fest, dass er diesen Fall nicht besonders mochte. Es gab keine Rätsel, keine seltsamen Geheimnisse, keine Schnitzeljagd oder Schatzsuche. Stattdessen suchten sie nach einer Statue und wussten nicht einmal, wem sie in Wirklichkeit gehörte und was sie damit anfangen sollten, wenn sie sie erst einmal hatten. An einen Fluch glaubte er natürlich nicht, aber dennoch fühlte er sich unbehaglich bei dem Gedanken an Josés rätselhafte Krankheit. Er hatte das Gefühl, dass seine Recherche unvollständig war, solange diese Dinge nicht geklärt waren. Es war wie ein Puzzle, das sie zusammenzusetzen versuchten, ohne zu wissen, welches Bild eigentlich entstehen sollte.
Hatte José die Madonna aus dem Museum gestohlen? Nein, dazu war er zu jung – vor zwölf Jahren war er noch ein Kind gewesen. Also konnte er mit den Diebstählen eigentlich nichts zu tun haben. Aber er war Transportfahrer der Firma gewesen, die die Kunstschätze zum Museum brachte. Außerdem war die Statue aus dem Museum nicht schwarz.

Und wer waren die Clowns? Warum wollten sie die Madonna unbedingt haben, wenn es doch gar nicht die Statue aus dem Museum war? War vielleicht etwas darin versteckt? Und was hatten die Clowns mit dem Abtransport eines Mammuts zu tun?

Diese blöden Masken lenken bloß ab, dachte er. Die ganze Zeit reden wir von Clowns, dabei waren es bloß maskierte Verbrecher. Die brauchten auf dem Festival nicht einmal abzuhauen – sie mussten nur die Masken abnehmen und konnten sich in aller Ruhe ansehen, was weiter mit José und Peter passierte. Wie dieser falsche Reporter, wie hieß er doch ... B.S. Wenn ich bloß meine Kamera nicht in der Zentrale liegen gelassen hätte! Dann hätten wir jetzt zwar auch nur zwei Gesichter mit Sonnenbrillen, aber das wäre schon mehr als diese Masken ...

Plötzlich zuckte er zusammen. Die Kamera. Der Film. Was war aus dem Film geworden, den er in Carino Beach voll geknipst hatte? Vielleicht hatte er da durch Zufall die Clowns erwischt, bevor sie die Masken aufgesetzt hatten!

Vor Aufregung konnte er nicht mehr sitzen bleiben und sprang auf. Wo war der Film? Was hatte er damit gemacht? Er konnte sich nicht mehr daran erinnern. Wo blieb nur der Abschleppdienst? Er musste sofort zum Schrottplatz!

Aber es dauerte noch fast eine Stunde, bis der Käfer abgeschleppt wurde und Bob den nächsten Bus nach Rocky Beach nehmen konnte. Und bis dahin hatte er sich vor Ungeduld schon fast die Fingernägel abgekaut. Erst am späten Nachmittag rannte er die Straße zum Schrottplatz hinauf, schlüpfte ohne sich umzusehen durch das Grüne Tor im Zaun und stürmte in die Zentrale. Die Kamera lag noch an Ort und Stelle. Bob öffnete sie – aber das Filmfach war leer. Der Film war weg.

Bob ließ sich auf den Schreibtischstuhl sinken. Er hatte sich so viel von dem Film versprochen! Zu schön war die Vorstellung gewesen, dass Justus und Peter am Abend völlig abgekämpft und erfolglos in die Zentrale zurückkehrten und er ihnen ganz lässig sagte: »Ach übrigens, den Fall habe ich heute Nachmittag gelöst.« Dann musste selbst Justus, das Superhirn, einsehen, dass Bob Andrews, zuständig für Recherchen und Archiv, ein ebenso guter Detektiv war wie er selbst. Diese schönen Träume musste Bob nun begraben – bis zum nächsten Fall.

Aber vielleicht konnte er wenigstens noch etwas über Mr Pentecost herausfinden. Missmutig drehte Bob den Stuhl zum Tisch und beugte sich hinunter, um den Computer einzuschalten … und da lag der Film. Auf dem Boden unter dem Tisch.

Und nun fiel es Bob auch wieder ein: Er hatte ihn am Sonntag aus der Kamera genommen und gerade in die Dose gesteckt, als Peter hereingestürmt kam und er die Dose vor Schreck fallen gelassen hatte.

Er griff nach der Filmdose und hastete in die kleine Dunkelkammer der Zentrale. Dort dauerte es wieder viel zu lange, bis er den Entwickler angesetzt und alles vorbereitet hatte. Aber endlich konnte er den Film aus der Dose ziehen und mit der Belichtung anfangen.

Fünf Bilder hingen schon zum Trocknen an der Leine, drei weitere färbten sich im Entwickler allmählich dunkel, als die Zentrale plötzlich leicht schwankte. Jemand war hereingekommen. Das mussten Justus und Peter sein, und sie waren vermutlich deswegen so leise, weil sie bei Mr Pentecost nichts herausgefunden hatten. Zwar hatte Bob ihnen stolz sein Arbeitsergebnis zeigen wollen, aber nun freute er sich darauf, mit ihnen gemeinsam die Bilder nach Hinweisen zu durchsuchen.

»Ich bin in der Dunkelkammer!«, rief er laut. »Nicht reinkommen!«

Sie antworteten nicht, aber die Zentrale schwankte wieder. Die Entwicklerflüssigkeit schwappte in der Wanne. In dem rötlichen Licht sah sie aus wie verdünntes Blut.
Bob runzelte die Stirn. Es sah Justus und Peter gar nicht ähnlich, überhaupt nichts zu sagen, selbst wenn sie völlig gescheitert waren. Wenigstens müssten sie sich zanken.
»Justus?«, rief er.
Es kam noch immer keine Antwort. Stattdessen ging die Tür auf. Im Halbschatten stand dort jemand, den Bob nicht richtig erkennen konnte. Aber er achtete gar nicht darauf, sondern verschloss hastig die Tüte mit dem Fotopapier. »Mensch, pass doch auf!«, rief er wütend. »Du verdirbst mir alle Fotos!«
Stille. Die schattenhafte Gestalt, die er für Justus oder Peter hielt, trat einen Schritt vor, und dann spürte Bob etwas Hartes, Kaltes an seiner Kehle.
»Keine Bewegung«, flüsterte eine heisere Stimme.

Great Deliverance

Das Firmengelände der ›Great Deliverance‹ war bald gefunden. Auf den ersten Blick hatte es sogar eine gewisse Ähnlichkeit mit dem ›Gebrauchtwaren-Center T. Jonas‹ – nur etwa eine Million Dollar reicher. Das Haus war kein ausbleichendes Holzgebäude, sondern eine protzige Villa mit Vorgarten und einem von Säulen gesäumten Baldachin über dem Eingang; im Hof stand kein altersschwacher Pick-up, sondern sechs strahlend weiße Trucks mit dem Namen der Firma in meterhohen Buchstaben, statt Trödel und Schrott stapelten sich solide Holzkisten und statt eines bunt bemalten Holzzauns gab es eine zwei Meter hohe Mauer mit Stacheldraht. Das Tor war eine beeindruckende Konstruktion aus Stahl mit den Initialen ›R. P.‹.

»Kuschelig«, kommentierte Peter. »Möbeltransport scheint ein einträgliches Geschäft zu sein.«

Justus nickte. »Dabei ist die Firma ganz jung. Ich habe im Branchenverzeichnis nachgeschlagen. Roger Pentecost hat sie erst vor neun Jahren gegründet und sein erstes Fahrzeug war ein Pick-up, wie bei uns. Aber die Transporte für das Museum bringen sicher auch einiges ein.«

Er drückte auf den Klingelknopf am Tor. Im Inneren des Hauses schlug melodisch eine Glocke an. Eine Weile passierte nichts, dann ertönte eine tiefe Männerstimme aus der Gegensprechanlage. »Ja, wer ist da?«

»Justus Jonas und Peter Shaw«, antwortete Justus. »Mr Pentecost? Wir würden gerne mit Ihnen über José Santanda reden.«

Es gab eine Pause. »Ja, richtig«, sagte die Stimme endlich. »Augenblick.«

Ein Summen und das Tor glitt zur Seite. Hinter Justus und Peter schloss es sich mit einem gut hörbaren Klicken. Als sie die Stufen zur Haustür hinaufstiegen, öffnete sich diese ebenfalls mit einem Summen, aber niemand war zu sehen. Justus spähte in einen dämmerigen Flur – und zuckte zurück. Dort stand etwas, das auf den ersten Blick wie eine riesige vierbeinige Spinne aussah. Arme, Beine Körper und Hals waren mindestens doppelt so lang, wie sie sein sollten, aber dafür nur halb so dick. Die Arme waren ausgebreitet, als hätte das Wesen Mühe, sein Gleichgewicht zu halten. Es regte sich nicht und schaute sie nur aus dunklen Augen an.

»Was ist das denn?«, flüsterte Peter entsetzt.

Justus schluckte. »Eine – Statue, glaube ich.« Er beugte sich leicht vor. »Aus Bronze.«

Jemand lachte leise und aus dem Schatten hinter der Tür trat ein Mann. »Sie heißt Maria«, sagte er.

Justus und Peter starrten ihn an. Der Kontrast zu der Statue konnte nicht grotesker sein. Mr Pentecost war höchstens 1,50 m groß. Sein gedrungener Körper steckte in einem dunklen Anzug mit Krawatte, als hätte er vor, zu einem Geschäftsessen zu gehen. Seine Arme und Beine waren kurz, einen Hals hatte er überhaupt nicht, und der kugelrunde Kopf sah aus, als sei darauf noch nie ein Haar gewachsen. Er lachte wieder. Die tiefe Stimme hallte im Flur wider. »Na, habt ihr die Sprache verloren?«

Justus fasste sich schnell. »Durchaus nicht. Guten Tag, Mr Pentecost. Ich bin Justus Jonas und das ist mein Freund und Kollege Peter Shaw. Wir sind Detektive. Hier ist unsere Karte.«

Mr Pentecost nahm die Visitenkarte und studierte sie genau. »Detektive. Seid ihr nicht ein wenig zu jung dafür?«

»Nein, Sir. Wir haben schon einige Fälle gelöst, die der Polizei Schwierigkeiten bereiteten.«

Der Transportunternehmer ging nicht darauf ein. Er gab Justus die Karte zurück. »Dann kommt mal herein.«

Er schloss die Tür und führte Justus und Peter in ein Zimmer, in dem man das Wohnzimmer der Familie Jonas gut viermal hätte unterbringen können. Es war fast vier Meter hoch und hatte an zwei Seiten riesige Glasfenster. Der Boden war aus hellem, spiegelndem Marmor. Ziemlich weit von der Tür entfernt gruppierten sich vier hochmoderne Sessel aus weißem Leder um einen Glastisch, auf dem ein Tablett mit Gläsern und Getränken stand. Aber es war nicht die teure Einrichtung, die Justus und Peter den Atem verschlug.

Es waren die Statuen.

An den Wänden entlang standen mindestens hundert Frauenfiguren, manche nur einen halben Meter, andere mehr als drei Meter hoch. Da gab es langbeinige afrikanische Gestalten aus schwarzem Holz, asiatische Stabpuppen, indische, griechische und römische Göttinnen, aztekische gerade noch als weiblich zu erkennende Götzen, dickbauchige russische Steckfiguren, uralte Muttergottheiten ohne Köpfe, seltsam gerundete moderne Plastiken und drei geschnitzte europäische Madonnenfiguren. Es war ein wirres Durcheinander verschiedenster Kulturen und Kunstrichtungen, und manche der Figuren wurden von anderen verdeckt, so dass Justus und Peter nur ahnen konnten, wie viele es tatsächlich waren. Bilder oder Pflanzen gab es in diesem Wohnzimmer nicht. Die Wände waren weiß bis zur Decke. Dadurch entstand trotz der Sessel der Eindruck, dass dieser Raum eigentlich gar nicht bewohnt war.

Mr Pentecost ließ den beiden ?? Zeit, sich umzusehen. Er ging zu der Sitzgruppe und setzte sich in einen der Sessel. Justus und Peter rissen sich von der Betrachtung der Figuren los und folgten ihm.

»Wie viele sind es?«, fragte Justus. »Ungefähr hundertdreißig?«

»Hundertzweiunddreißig«, sagte Mr Pentecost. »Gefallen sie euch?«
»Sie stehen zu dicht beieinander«, sagte Justus kritisch. »Jede einzelne müsste genug Platz haben, damit man sie genau betrachten kann.«
»Stimmt. Aber dann müsste ich sie über das ganze Haus verteilen und hätte sie nicht alle um mich.« Mr Pentecost beugte sich vor und goss Fruchtsaft in zwei Gläser, die er Justus und Peter anbot. »Also jetzt erzählt mal, warum ihr gekommen seid.«
»Wir möchten Sie nach einem ehemaligen Mitarbeiter fragen«, erwiderte Justus. »José Santanda. Er war doch Fahrer bei Ihnen, nicht wahr?«
»Ja, das ist richtig. Ich musste ihn leider entlassen, weil die Auftragslage schlecht war.«
»Haben Sie gehört, was ihm zugestoßen ist?«
»Ja. Schrecklich. Es gibt nur noch Bosheit in der Welt.«
»Die Polizei erzählte uns, dass Sie sagten, Sie würden José wieder einstellen, wenn es ihm besser geht.«
»Stimmt, das habe ich angeboten. Ihr scheint ja gute Kontakte zur Polizei zu haben. Und ich glaube, ich habe auch schon von euch gehört. Habt ihr schon einmal in der Zeitung gestanden?«
»Ja«, sagte Justus. »Zuletzt am Sonntag in der ›Carino Daily Post‹, deren Herausgeber Sie sind. Dort wurden wir von einem Ihrer Mitarbeiter verleumdet, in Josés Wohnung eingebrochen zu sein.«
Mr Pentecost zog die Augenbrauen hoch, was seltsam aussah, da er keine hatte. Aber er sagte nur: »Wie ärgerlich. Stimmt es denn nicht?«
»Nein, es stimmt nicht. Zumindest stimmt es nicht, dass Peter José erst rettete und ihm dann den Schlüssel entwendete.«

»Aber es stimmt, dass ihr in der Wohnung wart?«
Justus lehnte sich zurück. Er merkte, dass Peter ihm einen raschen Blick zuwarf, erwiderte ihn aber nicht. Mit Mr Pentecost würde er vorsichtig umgehen müssen. Irgendetwas an diesem dicken kleinen Mann verursachte ihm eine Gänsehaut ... aber vielleicht war es auch nur die Vorstellung, tagaus, tagein von diesen vielen blinden Augen beobachtet zu werden. »Es kommt gar nicht darauf an, ob wir in der Wohnung waren oder nicht«, sagte er. »Tatsache ist, dass Ihr Mitarbeiter B. S. uns verleumdet hat. Wie ist übrigens sein voller Name?«
»Es tut mir sehr Leid«, sagte Mr Pentecost und schüttelte bedauernd, aber mit einem feinen Lächeln den Kopf. »Mir sind nicht alle freien Mitarbeiter der ›Carino Daily Post‹ bekannt.«
»Ich verstehe«, sagte Justus höflich. »Wir haben außerdem erfahren, dass Sie nicht nur Herausgeber und Sammler sind, sondern auch ein großzügiger Spender des Arts & Crafts Museums am Wilshire Boulevard. Sie haben all diese Repliken bezahlt, die nach den Diebstählen angefertigt wurden, nicht wahr?«
»Das ist richtig«, sagte Mr Pentecost nach einer kurzen Pause lächelnd. »Ich bin ein großer Kunstliebhaber und es missfiel mir, dass die interessierte Öffentlichkeit auf den Genuss dieser Kunstwerke verzichten sollte.«
»Ach ja«, sagte Justus. »Und wie haben Sie das gemacht? Ich meine, woher wusste diese Künstlerin S. Manning, wie die Kunstwerke aussahen? Denn schließlich waren sie gestohlen worden.«
»Das ist nicht schwer zu erklären. Das Museum fotografiert und katalogisiert jedes Exponat – Ausstellungsstück –, sobald es aus der Transportkiste kommt. Häufig gibt es auch ältere Fotos, auf die man zurückgreifen kann. Diese Fotos stellte das Museum Mrs Manning zur Verfügung.«

»Interessant. Und wie wird so eine Replik hergestellt?«
»Da bin ich leider überfragt.«
»Entschuldigung«, sagte Peter, »ich – äh – müsste mal – wohin …«
»Natürlich«, sagte Mr Pentecost. »Im Flur gleich links.«
Peter stand auf und ging rasch hinaus. Er musste zwar wirklich auf die Toilette, aber gleichzeitig war er froh, den vielen Augen der Statuen entkommen zu können. Brr! Ständig angestarrt zu werden – nein, das war nichts für ihn. Wenn ich mal irgendetwas sammle, dachte er, dann nur etwas ohne Augen. Etwas, bei dem man sich nicht so unbehaglich fühlt – Kronkorken, Flaschenverschlüsse, Münzen, Uhren oder so.
Er fand die Tür, die er suchte, und öffnete sie. Hier wenigstens gab es keine Statuen, die ihn anstarrten.
Auf der Toilette ließ er sich Zeit. Er hatte es nicht eilig, zu den Statuen und zu Mr Pentecost zurückzukehren. Er mochte den Mann nicht, konnte aber nicht genau sagen, warum. Eigentlich gab es keinen Grund, ihm zu misstrauen. Er war Josés ehemaliger Arbeitgeber und wollte ihm helfen, also war er vermutlich einer der Guten.
Aber einen Fehler hatte er begangen. »Ich kenne nicht alle freien Mitarbeiter«, hatte er gesagt. Doch Justus hatte nur von Mitarbeitern gesprochen, nicht von freien Mitarbeitern. Vielleicht hatte Mr Pentecost sich nur versprochen. Aber Peter wusste, dass diese kleine Ungereimtheit auch Justus aufgefallen war, denn sonst hätte er nicht sofort das Thema gewechselt.
Als er fertig war, ging er hinaus und stand einen Moment unentschlossen im Flur. Durch die angelehnte Wohnzimmertür konnte er Justus über einen der Fälle reden hören, die die drei ??? gelöst hatten. Mr Pentecost hörte zu und schien ganz gefesselt zu sein.
Jetzt bemerkte Peter einen Vorhang aus Perlenschnüren neben

der spinnenhaften Gestalt, die ihn und Justus zuerst so erschreckt hatte. Kurz entschlossen schob er ihn zur Seite. Dahinter lag ein langer Flur, von dem drei Türen abgingen. Peter warf noch einen Blick zurück und schlich dann in den Flur. Vielleicht konnte er etwas herausfinden, während Justus den komischen Sammler ablenkte.

Auch hier gab es kein einziges Bild an den Wänden. Lautlos öffnete Peter die erste Tür. Sie führte zu einem Schlafzimmer, das bis auf ein großes, weiß bezogenes Bett völlig leer war.

Hinter der zweiten Tür sah es schon wohnlicher aus. Dieser Raum war ein Fernseh- und Lesezimmer. Ein rascher Blick verriet Peter, dass Mr Pentecost am liebsten Bücher und Zeitschriften über Kunst und alte Möbel las und offenbar ansonsten keine weiteren Interessen hatte.

Surfen geht er vermutlich auch nicht, dachte Peter und musste unwillkürlich grinsen. Er schloss die Tür wieder und nahm sich die dritte Tür vor. Sie war abgeschlossen.

Abgeschlossen? Peter bückte sich und spähte durch das Schlüsselloch. Sein Blick fiel auf einen Schreibtisch, auf dem sich die gesamte chaotische Unordnung stapelte, die im restlichen Haus fehlte. Das musste das Büro sein. Das war seltsam. Wieso schloss Mr Pentecost sein Büro ab, wenn er doch zu Hause war? Weil er Besuch hat, dachte er plötzlich, und ihm wurde ganz kalt. Weil er sicher sein wollte, dass wir nicht in seinem Haus herumschnüffeln. Weil er wusste, wer wir sind, bevor Justus es ihm gesagt hat. Und dann weiß er auch ganz genau, warum ich so lange nicht wiederkomme.

Er schluckte. Plötzlich fiel ihm auf, wie still es im Haus war. Nirgendwo erklang Musik, nirgends tickte auch nur eine Uhr. Selbst die Stimmen aus dem Wohnzimmer waren hier nicht zu hören und vom Hof des Transportunternehmens kam kein Laut. Es war so still wie in einem Grab.

Urplötzlich klingelte im Büro das Telefon. Peter zuckte vor Schreck zusammen. Es klingelte dreimal, dann schaltete sich ein Anrufbeantworter an. Nach kurzer Stille, in der der Ansagetext ablief, ertönte eine verzerrte Stimme.
»Mr Pentecost, hier ist Smith. Sheffers hat die Lieferung abgeholt. Ich fahre heute Abend raus.« Es klickte.
Peters Nackenhaare richteten sich auf. Diese Stimme kannte er. Er hatte sie vor nicht allzu langer Zeit gehört – auf dem Anrufbeantworter der Zentrale.

Er zwang sich, ins Wohnzimmer zurückzukehren. Justus redete noch immer und Mr Pentecost hörte ihm mit einem belustigten Lächeln zu. Beide blickten auf, als Peter hereinkam.
»Was ist los?«, fragte Mr Pentecost. »Du bist ja ganz blass. Ärger mit der Verdauung?«
»So ungefähr«, murmelte Peter. Er fing Justus' Blick auf und rieb sich betont langsam die Nase. Das war eins ihrer abgesprochenen Zeichen und hieß: Lass uns abhauen!
Justus verstand sofort. »Ist es wieder der Magen? Ich hatte dir doch gesagt, dass Cola und Salat sich nicht mögen.« Er leerte sein Glas und stand auf. »Vielen Dank für das interessante Gespräch, Mr Pentecost. Werden Sie José besuchen?«
»Das habe ich schon«, sagte Mr Pentecost. »Leider ist er noch immer sehr krank.«
»Ach, man kann ihn schon besuchen? Was hat er denn?«
»Er hat Probleme mit dem Magen und der Leber. Ich hoffe wirklich, dass es nichts Ernstes ist. Schade, dass ihr schon gehen wollt.«
»Tja, wir haben noch eine lange Busfahrt vor uns.«
»Habt ihr nicht noch einen dritten Detektiv, der euch abholen könnte?«

»Im Prinzip ja, aber er fällt leider aus, weil er an seinem Auto einen zerschossenen Reifen wechseln muss.«
»Ein zerschossener Reifen? Ihr scheint ja wirklich ein aufregendes Leben zu führen. Na, dann gute Fahrt.«
Die Spinnenfrau im Flur schien ihnen nachzustarren, als sie hinausgingen.

»Sheffers? Also nicht Jeff? Bist du ganz sicher?«
»Absolut. Er sagte: Sheffers hat die Lieferung abgeholt. Ich fahre heute Abend hin. Und es war hundertprozentig die Stimme von dem Kerl, der José ins Wasser geworfen und uns bedroht hat!«
»Sehr gut!« Justus schlug ihm auf die Schulter. »Also steckt Pentecost in der Sache drin! Hast du gemerkt, dass er sich bei dem freien Mitarbeiter versprochen hat? Und in seinem Büro müssen irgendwelche Beweise versteckt sein, denn sonst hätte er es nicht abgeschlossen, als er merkte, dass wir kamen. Wir müssen da irgendwie hinein!«
»Bist du verrückt?«, entfuhr es Peter. »Der weiß, wer wir sind – ich bin sicher, er erwartet genau das von uns!«
»Kann schon sein«, sagte Justus. »Aber zuerst ist unser Mr Sheffers dran. Wenn Mr Smith heute Abend dort hinfährt, tun wir es auch!«

José springt ab

Aber es kam anders.
Die Rückfahrt mit dem Bus kostete sie noch einmal zwei Stunden. Als sie endlich aus dem Bus kletterten und die gewundene Straße zum ›Gebrauchtwaren-Center T. Jonas‹ hinaufwanderten, stand die Sonne schon tief über dem Meer, und die Häuser warfen lange Schatten. Weiter oben leuchteten die sonst grauen Berge wie Gold, aber weder Peter noch Justus hatte einen Blick dafür übrig.
»Hoffentlich hat Bob den Reifen schon geflickt«, sagte Justus. »Meine Füße bringen mich um. Und ich habe Hunger.« Damit forderte er eigentlich eine ganze Reihe spitzer Bemerkungen über sein Gewicht und seine Kondition heraus, aber Peter sagte nur: »Und ich brauche was zu trinken.«
Da sie schon von weitem hören konnten, wie Tante Mathilda Onkel Titus auf dem Hof etwas zurief, verzichteten sie darauf, durch das Hoftor zu gehen, und kletterten durch das Grüne Tor. Die Tür zur Zentrale stand offen. Drinnen redete jemand, aber es war nicht Bob. Die fremde Stimme klang wütend. Justus und Peter blieben stehen und lauschten.
»Wo zum Teufel bleiben deine feinen Freunde?«
»Sie müssten bald kommen«, antwortete Bob.
»Das hast du vor einer Stunde auch schon gesagt. Hör mal, Gringo, ich lass' mich doch von dir nicht für blöd verkaufen!«
»Ich heiße Bob«, sagte Bob gereizt. »Und vielleicht steckst du jetzt endlich mal das Messer weg und bindest mich los. Ich hab dir schon zwanzigmal gesagt, dass wir dir nur helfen wollten!«
»Und ich sage, dass ich eure Hilfe nicht brauche! Ihr habt mich nur noch mehr in Schwierigkeiten gebracht! Zum letzten Mal, wo ist die Madonna?«

Die beiden vor der Tür wechselten einen kurzen Blick. Justus packte einen alten Stockschirm, Peter eine Holzlatte und sie stürmten die Zentrale. Der Besucher fuhr herum. Er war ein junger Mexikaner in Jeans und T-Shirt. In der Hand hielt er ein Messer. Hinter ihm saß Bob auf dem Schreibtischstuhl, Hände und Füße mit Klebeband gefesselt.

»So«, sagte Justus und hob drohend die Stange, »und jetzt lässt du das Messer fallen!« Der Fremde zögerte, warf einen Blick auf Bob, zuckte dann die Achseln und ließ das Messer los. Es fiel mit der Spitze nach unten und blieb zitternd im Boden der Zentral stecken. »Bob, alles in Ordnung?«

»Na sicher doch«, antwortete Bob. »Bindet mich los – meine Hände sind schon ganz abgestorben! Darf ich vorstellen? Das ist unser Auftraggeber. José Santanda.«

»Wie bitte?«, sagte Justus verblüfft.

Peter, der sich gerade an dem Besucher vorbeischieben wollte, schaute ihn zum ersten Mal genau an. »José? Ich habe dich überhaupt nicht erkannt. Was soll denn der Quatsch, Bob zu fesseln und zu bedrohen? Spinnst du?«

»Ich?« José starrte ihn feindselig an. »Dasselbe könnte ich euch fragen. Was fällt euch eigentlich ein, euch in meine Angelegenheiten einzumischen?«

Das verschlug selbst Justus die Sprache.

»Augenblick mal«, protestierte Peter sofort. »Du hast mich doch gebeten, die Madonna in Sicherheit zu bringen, damit die Clowns sie nicht in die Hände kriegen!«

»Was habe ich? Du hast sie ja nicht mehr alle. Was habt ihr mit ihr gemacht?«

»Nun bindet mich doch endlich los!«, rief Bob wütend.

»Augenblick«, sagte Justus, der inzwischen die Fassung wiedergewonnen hatte. »Wir sollten das in Ruhe besprechen.«

»Aber zuerst bindet ihr mich los!«

»Ich komme ja schon.« Peter schob sich an José vorbei, zog das Messer aus dem Boden und schnitt Bobs Fesseln durch. Ächzend rieb Bob sich die Handgelenke. »Das ist der erste Auftraggeber, der uns mit einem Messer bedroht hat.«
»Hört zu«, sagte José, »ich weiß nicht, was ihr für Typen seid, aber ich bin nicht euer ›Auftraggeber‹, klar? Ich will bloß, dass ihr die Madonna rausrückt, und dann vergesst ihr, dass ihr je von mir gehört habt!«
»Wie oft soll ich denn noch sagen, dass wir sie nicht haben?«, rief Bob. »Just, sag du es ihm, vielleicht glaubt er dir!«
»Wir haben sie wirklich nicht.« Justus lehnte die Metallstange an die Wand und setzte sich in den einzigen Sessel der Zentrale. »Als wir in die Wohnung kamen, war sie weg, und alles war verwüstet.«
»Das hat Gonzales mir schon gesagt.« Josés Miene blieb so finster wie zuvor. »Und was hattet ihr mit der Statue vor? So etwas stellt man sich nicht einfach in die Wohnung.«
»Mr Pentecost schon«, sagte Justus und beobachtete ihn genau. »Den haben wir nämlich heute Nachmittag besucht.«
José erschrak sichtlich. »Pentecost? Und was habt ihr ihm erzählt?«
»Gar nichts. Wieso, was hätten wir ihm denn erzählen sollen?«
Diesmal wich José seinem Blick aus. »Ach, nichts. Also, was hattet ihr mit der Madonna vor?«
»Das wissen wir nicht«, sagte Peter. »Du sagtest: ›Bring sie …‹, und weiter bin ich nicht gekommen. Wohin hätten wir sie bringen sollen? Wir wollten warten, bis es dir besser ginge und du ansprechbar wärst, und dich dann fragen.«
»Wie nett von euch«, höhnte José. »So, mir geht es besser und ich bin ansprechbar. Und wenn ihr nicht wisst, wo sie ist, ist die Sache hiermit für euch erledigt. Mischt euch nie mehr in meine Angelegenheiten, klar?«

»Vor wem hast du Angst?«, fragte Justus.

»Angst?« José starrte wütend auf ihn hinab. »Ich habe keine Angst, Gringo. Nur vor solchen Pennern wie euch, die alles nur noch schlimmer machen!« Er nahm das Messer vom Tisch, wo Peter es hingelegt hatte, und steckte es mit einer wütenden Bewegung ein.

»Stimmt es, dass du ein Dieb bist?«, fragte Justus ruhig weiter.

José erstarrte. »Wer sagt das?«

»Tja«, warf Bob ein, »wenn du Detektive anheuerst, um etwas zu erledigen, musst du dich nicht wundern, wenn sie etwas über dich herausfinden.«

»Zum letzten Mal, ich habe euch nicht angeheuert und ich hatte keine Ahnung, dass ihr überall rumschnüffeln würdet!«

»Dann frage ich mich, warum du einen völlig Fremden bittest, in deine Wohnung zu gehen und etwas herauszuholen.« Allmählich wurde auch Peter wütend. »Ich komme mir mittlerweile ziemlich verschaukelt vor. Weißt du eigentlich, was wir deinetwegen für Ärger bekommen haben?«

»Hör mal, mir tat alles weh und ich wusste nicht, was ich tat, okay?«

»Setz dich«, befahl Justus, und als José sich nicht rührte, stand er auf und schubste ihn rückwärts in den Sessel. »Vielleicht möchtest du wenigstens hören, was wir bis jetzt herausgefunden haben.«

»Nein, will ich nicht.« Aber José blieb sitzen, verzog das Gesicht und legte die Hand auf den Magen. Er sah ohnehin nicht so gesund aus, wie er behauptete. Seine Haut war eher fahl und spannte sich über den Knochen.

Justus setzte sich auf eine Ecke des Schreibtischs und Bob rettete schleunigst einen Stapel CDs vor dem Absturz. »Fangen wir mit dem Pier an«, sagte Justus, ohne darauf zu achten. »Die Clowns waren nicht, wie der Veranstalter behauptet, einfach

auf Ärger aus, sondern sie hatten dich ganz gezielt gesucht. Peter sprang ins Wasser, um dir zu helfen, und im Boot batest du ihn, eine schwarze Madonna aus deiner Wohnung zu holen und irgendwohin zu bringen. Wohin, konntest du ihm nicht mehr sagen. Wir fuhren zu deiner Wohnung und fanden sie völlig verwüstet vor. Die Clowns waren schon da und flüchteten, aber eine Madonna hatten sie nicht dabei. Der Nachbar behauptete später gegenüber der Polizei, er hätte die vier Kerle nicht gesehen, konnte uns aber sehr gut beschreiben. Er beschrieb sogar Bobs Brille, obwohl Bob gar keine Brille trug.«
José warf einen Blick auf Bob, sagte aber nichts.
»Durch den Einbruch handelten wir uns einigen Ärger mit der Polizei ein«, fuhr Justus fort. »Du musst übrigens noch aufs Polizeirevier gehen und uns entlasten – sie wollten uns nicht glauben, dass du selbst uns gebeten hattest, die Wohnung zu betreten und –«
»Habe ich ja auch nicht getan«, sagte José schroff. »Jedenfalls nicht dich und den da.« Mit einer kurzen Kinnbewegung zeigte er auf Bob.
»Aber mich hast du gebeten«, sagte Peter hitzig. »Und beim nächsten Mal gibst du mir gefälligst einfach den Haustürschlüssel!«
»Es wird kein nächstes Mal geben!«
»Nein, weil ich dich nämlich nächstes Mal einfach zwischen den Pfeilern hängen lasse!«
»Jetzt haltet die Klappe, alle beide!«, rief Bob. »Das ist ja nicht auszuhalten! Los, Justus, red' weiter, damit wir es endlich hinter uns haben!«
Justus blinzelte und sagte beleidigt: »Danke, Bob! Ich kann es auch lassen!«
»Ich meine doch nicht dein Gerede! Ich meine diesen elenden Fall!«

»Der überhaupt kein Fall wäre, wenn Peter nicht –«
»Ach, jetzt bin ich an allem schuld?«
Einen Moment lang starrten sie sich gegenseitig wütend an. Dann sagte Justus: »Kann ich weitermachen?«
»Klar«, antwortete Peter, ging zum Kühlschrank und holte eine Flasche Wasser heraus. Anschließend verschwand er in der winzigen Dunkelkammer der Zentrale und knallte die Tür hinter sich zu. José zuckte nur die Achseln.
»Also«, sagte Justus. »Wir haben herausgefunden, dass du bis vor einem halben Jahr bei einem Transportunternehmen namens ›Great Deliverance‹ gearbeitet hast. Dein Chef heißt Pentecost, und er sagte, er würde dich gerne wieder einstellen, wenn es dir besser –« Er unterbrach sich, als José auflachte. »Was ist daran so lustig?«
»Nichts. Hat er das gesagt? Er würde mich gerne wieder einstellen?«
»Ja. Wer ist überhaupt dieser Smith?« Justus hatte eigentlich gehofft, José damit überrumpeln zu können, aber es gelang ihm nicht. Das fahle Gesicht des Mexikaners wurde sofort völlig ausdruckslos. »Wer?«
»Der Kerl, der dich ins Wasser geworfen hat. Und der Mann, der auf unseren Anrufbeantworter gesprochen und dich beschuldigt hat, ein Dieb zu sein.«
José schwieg. Endlich fragte er: »Kann ich das Band mal hören?«
»Natürlich.« Justus legte das Band ein und spielte es ab.
José hörte schweigend zu. An der Stelle, wo der Mann ihn einen »schmierigen kleinen Dieb« nannte, der »bekommen hatte, was ihm zustand«, wurden seine Augen ganz schmal. Beim Knall des Schusses zuckte er heftig zusammen.
Als die Aufnahme zu Ende war, steckte Peter seinen Kopf aus der Dunkelkammer und sagte: »Und ›Smith‹ ist auch der

Mann, der heute bei Mr Pentecost angerufen und ihm gesagt hat, dass jemand namens ›Sheffers‹ eine Lieferung abgeholt hätte. Also arbeitet ›Smith‹ vermutlich für Pentecost. Und da fragt man sich doch, warum Pentecost der Polizei so scheinheilig versichert, er würde dich gerne wieder einstellen – wenn er gleichzeitig irgendwelche Typen losschickt, die dich umbringen sollen.«

José antwortete nicht.

Justus spulte das Band zurück. »Möchtest du uns vielleicht jetzt erzählen, um was es hier geht?«

»Nein«, sagte José. »Aber ich will euch warnen. Mit Pentecost legt ihr euch besser nicht an. Ich hab's getan und das war ziemlich dumm. Der Mann ist völlig irre und er hat seine Finger überall drin.« Er stand ein wenig mühsam auf und biss für einen Moment die Zähne zusammen, als hätte er starke Schmerzen. »Nett, dass ihr mir helfen wolltet, danke für die Rettung und so weiter, aber ab sofort haltet ihr euch aus meinen Angelegenheiten raus. Ist das klar?«

»Hast du ihm die Madonna geklaut?«, fragte Justus abrupt. »Sein ganzes Wohnzimmer steht voller Statuen – war sie eine davon?«

»Nein, sie lag auf dem Speicher.« José ging zur Tür. »Ich dachte, sie sei wertlos. War sie wohl nicht. Und sie hat mich krank gemacht. Ich wollte, dass ihr sie ihm zurückgebt – mehr nicht. Ich wollte bloß noch meine Ruhe haben. Und ich wünschte, ich hätte das Ding nie angerührt.«

»Wie kann dich denn eine Statue krank machen?«, fragte Bob. »Du glaubst doch nicht wirklich, dass es ein Fluch ist, oder?«

»Ah, hat Gonzales euch von dem Fluch erzählt?« José quälte sich ein Grinsen ab. »Ja, der glaubt an so etwas.«

»Und du nicht?«, fragte Justus.

José zuckte nur die Achseln.

»Wie sieht die Statue denn nun aus?«, fragte Justus.
»Das ist ja jetzt auch egal.«
»Nein, nun warte doch mal! Sie ist ja noch immer verschwunden und wir können dir helfen –«
José antwortete nicht einmal mehr. Er verließ die Zentrale, kletterte ziemlich langsam, aber geschickt über Eisenträger und Automotoren auf den Zaun und schwang sich hinüber.

Ein böser Fehler

»Und damit«, sagte Peter und kam aus der Dunkelkammer, »ist dieser Fall beendet. Tut mir Leid, dass ich euch das eingebrockt habe. Was war eigentlich mit den Fotos im Entwickler, Bob? Ich habe sie zum Trocknen aufgehängt, aber sie sind ziemlich schwarz.«

»Na toll!«, sagte Bob erbittert. »Ich war doch gerade dabei, meine Fotos vom Festival zu entwickeln, als dieser Komiker hier hereinkam und mir sein Messer an den Hals hielt. Ein paar waren fertig, aber der Rest ist jetzt natürlich hinüber.«

»War etwas Wichtiges drauf?«, fragte Justus.

»Keine Ahnung, ich hatte sie mir noch nicht angesehen.« Bob holte die noch brauchbaren Fotos von der Wäscheleine und breitete sie auf dem Tisch aus. Er hatte Menschen und Stände fotografiert, mittelalterliche Spielleute, die Zeltstadt auf dem Strand, die Straßen von Carino Beach und –

»Pentecost!«, entfuhr es Justus. »Du hast Pentecost erwischt!«

»Was?« Bob beugte sich vor. »Wo?«

»Der kleine Dicke da, hinter dem Stand! Er redet mit einem Händler.«

»Und ich weiß auch, wer der Händler ist«, sagte Peter mit plötzlich belegter Stimme. »Das ist der Beifahrer aus dem Auto hinter uns. Der mit der –«, er schluckte, »– Pistole.«

Bob wurde blass. Justus' Augen begann zu funkeln. »Bist du ganz sicher?«

»Absolut. Ich sagte doch, dass ich die blonden Stoppelhaare und das hässliche T-Shirt wiedererkenne.«

»Sehr gut«, sagte Justus. »Wir haben also einen sehr reichen, ziemlich durchgeknallten Transporthändler, Sammler und Kunstförderer, der vier Männer losschickt, um einen kleinen

Dieb zu zwingen, ihm etwas zurückzugeben. Dabei schreckt er weder vor Körperverletzung noch vor Einbruch oder Sachbeschädigung zurück. Was schließen wir daraus?«

»Dass ihm die Madonna sehr wichtig ist?«

»Dass sie zumindest absolut nicht so wertlos war, wie José glaubte.«

»Das verstehe ich noch immer nicht«, sagte Bob. »Wieso klaut José eine Madonnenstatue, die er für wertlos hält? Ich meine, wie kann er sie für wertlos halten, wenn er doch weiß, dass Pentecost solche Statuen ebenso besessen hortet wie Dagobert Duck seine Goldtaler?«

»Vielleicht ist Gold darin versteckt?«, schlug Peter vor. »Oder eine Schatzkarte? Sie ist doch ziemlich alt und könnte ein Geheimfach haben!«

»Kann schon sein, aber ich glaube es nicht«, meinte Justus. »Nehmen wir doch einmal an, es ist wirklich die Statue aus dem Museum. Dann könnte man Pentecost eine Beteiligung an den Diebstählen nachweisen. Und davor hat er natürlich Angst.«

»Es ist aber nicht die gleiche Statue«, sagte Bob. »Sie ist schwarz. Nicht bunt.«

»Ja, inzwischen ist mir das auch aufgefallen. Aber es muss einen Beweis für meine Theorie geben. Ich möchte zu gerne wissen, was Pentecost in seinem Arbeitszimmer versteckt – vielleicht bringt uns das weiter!«

»Wir haben aber keinen Auftraggeber mehr«, wandte Bob ein.

»Formalitäten«, sagte Justus entschieden.

»Das ist keine Formalität. José hat uns verboten, uns noch einmal in seine Angelegenheiten einzumischen. Wahrscheinlich hat er unseretwegen noch mehr Ärger mit Pentecost bekommen. Wir sollten uns aus der Sache heraushalten.«

»Außerdem wartet der doch nur darauf, dass wir kommen!«, sagte Peter.

»Glaube ich nicht«, sagte Justus. »Und ist euch schon mal der Gedanke gekommen, dass José uns vielleicht nur deshalb loswerden will, weil er noch immer Angst vor Pentecost hat? Aber wir haben nun einmal versprochen, ihm zu helfen!« Er warf einen Blick auf seine Armbanduhr. »Halb zehn. Am besten seid ihr um zwei Uhr hier. Bring die Dietriche mit, Peter.«
Peter und Bob starrten ihn an. Sie waren daran gewöhnt, dass Justus sie in strittigen Fragen überstimmte, aber so rücksichtslos waren sie schon lange nicht mehr überfahren worden.
»Sag mal, hörst du uns überhaupt zu?«
»Natürlich«, sagte Justus. »Bis nachher!«
»O nein«, sagte Bob. »Diese Tour zieht nicht mehr, Justus Jonas. Vielleicht hast du schon vergessen, welchen Ärger wir mit Inspektor Cotta wegen der Laguna Street hatten, aber ich nicht! Wenn José uns nicht entlastet, haben wir eine Anzeige wegen Einbruchdiebstahls am Hals! Wir können nicht andauernd in irgendwelche Häuser einsteigen!«
»Dann willst du José also hängen lassen?«
»Er will nicht, dass wir ihm helfen! Warum sollen wir uns für jemanden in Gefahr bringen, der nicht nur von dem Fall abgesprungen ist, sondern auch noch leugnet, uns den Auftrag erteilt zu haben?«
»Ein Grund mehr für uns, herauszufinden, was da wirklich los ist.«
»Nein«, sagte Bob entschieden. »Ohne mich, Justus. Brich du doch ein, wo du willst, aber mir geht das zu weit. Wenn wir unsere Ermittlungen nicht legal durchführen können, sollten wir noch einmal über unsere Vorstellung von Detektivarbeit nachdenken!« Er stand auf. »Oder zumindest du solltest das tun. Für mich ist die Sache nämlich ziemlich klar und ich breche nirgendwo ein. Gute Nacht, bis morgen. Kommst du, Peter?«
Peter nickte. »Nacht, Justus.«

»Schön«, sagte Justus wütend. »Dann gehe ich eben allein.«
»Mach, was du willst. Tschüs.« Es kam selten vor, dass Bob die Tür der Zentrale hinter sich zuknallte, aber diesmal tat er es.

Justus wusste, dass er ohne Auto nicht weit kommen würde, und so rief er die Autovermietung Gelbert an, um den Rolls Royce zu bestellen, der ihnen gelegentlich zur Verfügung stand. Aber der Wagen war für diesen Abend schon vergeben.
Offenbar hatte sich die ganze Welt gegen Justus verschworen. Aber das würde ihn nicht daran hindern, diesen Fall aufzuklären! Er durchsuchte die ganze Zentrale nach dem Wecker, in dem er das Geld für besondere Notfälle versteckt hatte, und fand ihn schließlich im Futter des zerschlissenen Sessels. Er schraubte das Gehäuse auf und fand sechsunddreißig Dollar – gerade genug für eine Taxifahrt durch die Stadt. Dann rief er die Taxizentrale an und bestellte einen Wagen für zwei Uhr nachts.
Trotzdem war ihm unbehaglich zu Mute und beim Abendessen war er schweigsam. Es fühlte sich falsch an, ohne Peter und Bob loszuziehen, und insgeheim wartete er die ganze Zeit darauf, dass das Telefon klingelte und Bob ihm mitteilte, sie hätten sich entschlossen, doch mitzukommen. Aber alles blieb still.
»Nun iss doch endlich etwas, Justus!«, sagte Tante Mathilda. »Was ist denn los? Bist du krank?«
»Ich bin nur müde«, log Justus. Immerhin gab ihm diese Ausrede einen Grund, früh ins Bett zu gehen. Er verabschiedete sich von Onkel und Tante, stellte den Wecker auf halb zwei und grübelte dann eine Stunde lang ruhelos über sein Vorhaben nach, bevor er endlich doch einschlief.
Um halb zwei klingelte der Wecker und Justus fuhr hoch und schaltete ihn aus. Er hatte das Gefühl, keine Minute geschla-

fen zu haben. Mit klopfendem Herzen lauschte er in die Dunkelheit, aber im Haus blieb alles still. Onkel Titus und Tante Mathilda hatten den Wecker nicht gehört.
Rasch stand Justus auf, zog sich an, verließ lautlos das Haus und ging über den nächtlichen Hof zum Kalten Tor. Die Kühlschranktür knarrte erschreckend laut, als er sie öffnete, und er nahm sich vor, die Scharniere am nächsten Tag zu ölen.
In der Zentrale suchte er zusammen, was er brauchte: Dietriche, Taschenlampe, Fingerabdruckpulver, Wanzen und diverse andere Kleinigkeiten. Dann verließ er den Hof durch das Grüne Tor im Zaun. Eine Katze huschte über die leere, dunkle Straße und verschwand. Justus fröstelte unwillkürlich. Natürlich hatte er keine Angst, aber trotzdem hätte er viel lieber die Scheinwerfer von Bobs Käfer gesehen als die des Taxis, das nun um die Ecke bog. Er winkte und der Wagen hielt neben ihm an.
Als er einstieg, warf ihm der Taxifahrer einen misstrauischen Blick zu. Wahrscheinlich hatte er schon zu oft von Raubüberfällen durch Jugendliche gehört. »Und wohin soll's gehen?«
»Nach Irvine, bitte«, sagte Justus bestimmt und schnallte sich an.
Während der Fahrt blieb er stumm. Auch der Taxifahrer sagte nichts, sondern schaute ihn nur gelegentlich von der Seite an. Es schien endlos zu dauern, bis sie im Süden der Stadt ankamen. Zwei Straßen von ›Great Deliverance‹ entfernt sagte Justus: »Lassen Sie mich bitte hier aussteigen.«
»Hier?« Der Taxifahrer zog die Brauen hoch. »Mitten im Industriegebiet? Was soll das werden?«
»Halten Sie bitte nur an.«
»Von mir aus.« Der Wagen hielt am Straßenrand, Justus zahlte und stieg aus.
»Hör mal«, sagte der Fahrer, den das Geld davon überzeugt zu

haben schien, dass Justus keinen Raubüberfall auf ihn plante, »soll ich hier auf dich warten? Hier draußen kommt kein Taxi zufällig vorbei.«
»Nein, danke«, sagte Justus. »Mein – äh – Onkel wohnt hier. Gute Nacht.«
Der Fahrer zuckte die Achseln. »Wie du willst.«
Justus schaute dem Taxi nach, bis es um die nächste Ecke verschwunden war. Dann schulterte er seine Tasche und marschierte entschlossen los.

Mitten in der Nacht schreckte Bob aus dem Schlaf hoch. Irgendein Geräusch hatte ihn geweckt. Was war es gewesen? Er lag ganz still und horchte.
Peng.
Er zuckte heftig zusammen und setzte sich auf. Wieder knallte es und er sah etwas Kleines, Dunkles, das von der Fensterscheibe abprallte, mit einem harten Klacken zu Boden fiel und noch ein Stück weit rollte, bevor es liegen blieb. Jemand warf Steine gegen sein Fenster.
Bob sprang aus dem Bett und ging zum Fenster, wobei er den Arm hob, um sein Gesicht gegen weitere Steine zu schützen. Er spähte hinaus. Im Vorgarten stand eine dunkle Gestalt mit einer Taschenlampe in der Hand.
»Das kann doch nicht wahr sein«, zischte Bob. »Justus, wenn du glaubst –«
»Ach was, doch nicht Justus!«, zischte der nächtliche Besucher ungeduldig zurück. »Ich bin's, Peter!« Zum Beweis leuchtete er sich kurz selbst ins Gesicht.
»Peter? Was ist los? Wo ist Justus? Wie spät ist es?«
»Halb drei«, erwiderte Peter. »Es hat mir keine Ruhe gelassen und ich bin zur Zentrale gefahren. Er ist weg und hat alles mitgenommen – Dietriche, Taschenlampe und so weiter, nur das

Handy hat er liegen gelassen. Er ist tatsächlich allein zu Pentecost gefahren!«
Bob stöhnte. »Ich dachte, er kommt zur Vernunft, wenn wir nicht mitmachen!«
»Offenbar nicht«, sagte Peter nüchtern. »Aber ohne uns ist er aufgeschmissen. Wir können ihn nicht im Stich lassen!«
Es gab eine ganze Menge, was Bob dazu hätte sagen können. Stattdessen sagte er: »Du hast Recht. Warte, ich komme runter.« Rasch zog er sich an und schlich dann aus dem Haus. Peter wartete im Vorgarten. »Was für eine Ausrüstung hast du mitgebracht?«
»Alles, was mir in die Finger fiel. Empfangsgerät für den Peilsender, Taschenlampe, Drahtschere, Isolierband – ich habe einfach irgendwas geschnappt. Ob uns das hilft, weiß ich auch nicht.«
»Wird schon.« Bob grinste. »Also los – ›Rettungsaktion Erster Detektiv‹ läuft!«

Die Mauer war entschieden zu hoch für den untrainierten, übergewichtigen Ersten Detektiv. Peter wäre wahrscheinlich problemlos hinaufgeklettert, aber Justus versuchte es gar nicht erst. Außerdem glänzte dort oben Unheil verkündend der Stacheldraht. Justus schulterte seine Tasche und schlich zum Tor. Natürlich war es abgeschlossen. Die scharfen Eisenspitzen glänzten im Mondlicht.
Eine innere Stimme sagte Justus, dass er damit erstens gerechnet hatte und zweitens besser ein Taxi anrief, das ihn wieder nach Hause brachte. Er ignorierte sie. In diesem Fall gab es Dutzende von Spuren, zu viele Verdächtige, merkwürdige Zufälle und Ungereimtheiten und einen Auftraggeber, der nichts mit den Detektiven zu tun haben wollte. Wenn das hier nicht der erste ungelöste Fall der drei ??? werden sollte, brauchte Jus-

tus unbedingt einen Beweis, und es war ihm egal, ob gegen Pentecost, José, B. S., Sheffers oder den Gouverneur von Kalifornien. Hauptsache, er bekam in diesem Durcheinander überhaupt mal etwas Greifbares in die Hand. Warum wollten Peter und Bob das nicht einsehen? Selbst wenn man dafür irgendwo einbrechen musste – wie sollte man sonst weiterkommen? Außerdem waren sie ja schon öfter in die Häuser verdächtiger Leute eingestiegen. Solange sie weder etwas stahlen noch kaputtmachten, war das doch eigentlich nicht so schlimm.

Ungebeten schlich sich die Erinnerung an einen sehr unangenehmen Moment auf dem Pier in seine Erinnerung, als Onkel Titus gesagt hatte: »Ihr denkt doch daran, dass ihr die Guten seid?«

»Natürlich«, murmelte er und schob den Gedanken daran entschieden von sich weg. Trotzdem wurde er das Gefühl nicht los, dass er in all den verschiedenen Indizien und Spuren etwas übersehen hatte. Vielleicht nur eine Kleinigkeit. Vielleicht aber auch den entscheidenden Hinweis, der diese nächtliche Herumschleicherei und Einbrecherei unnötig gemacht hätte.

Plötzlich zuckte er zusammen. Etwas hatte sich geändert. Was war es? Er duckte sich in den Schatten des Torpfeilers und lauschte. Es war totenstill auf der Straße. Das weit entfernte Dröhnen der Großstadt schien aus einer anderen Welt zu kommen.

Dann hörte er Schritte. Eine Autotür wurde geöffnet und wieder geschlossen. Auf dem Grundstück der ›Great Deliverance‹ sprang ein Motor an und ein Wagen rollte auf das Tor zu. Erst kurz vor dem Tor schaltete er die Scheinwerfer an und Justus kniff geblendet die Augen zu. Aber auch so hatte er den Wagen erkannt: es war der dunkelgrüne Ford. Aber das war auch keine Überraschung mehr; sie wussten ja, dass Pentecost mit

den Clowns unter einer Decke steckte. Wer saß wohl darin? Und was hatte er mitten in der Nacht vor?
Lautlos glitt das Tor zur Seite und der Wagen fuhr hindurch. Jetzt oder nie! Justus sprintete los, bevor das Tor sich wieder schließen konnte, und warf sich im Garten hinter einen großen Hibiskusstrauch. Die Insassen des Autos schienen nichts bemerkt zu haben. Der Wagen fuhr weg und das Tor schloss sich mit einem Klicken.
Justus rappelte sich auf und schlich zum Haus. Pentecost schien sich sehr auf sein elektrisches Tor, die hohen Mauern und den Stacheldraht zu verlassen, denn eins der ebenerdigen Fenster war nur angelehnt, die anderen gekippt. Justus warf einen raschen Blick über die Schulter. Im Mondlicht lag der Garten verlassen da und von der Straße aus konnte man ihn nicht sehen. Rasch stieß er das Fenster auf und kletterte hinein.
Er befand sich in der Bibliothek, von der Peter ihm erzählt hatte. Ein kurzer Schwenk mit der Taschenlampe zeigte ihm Hunderte von Bildbänden und Fachbüchern aller Kunst- und Architekturrichtungen. Zwei Regalfächer waren mit italienischen Kunstzeitschriften vollgestopft. Es juckte Justus in den Fingern, in diesen Zeitschriften nach Madonnen der Renaissance zu suchen, aber er riss sich zusammen und schlich zur Tür.
Der Flur lag ebenso still und verlassen da wie der Garten. Im Dunkeln vermittelten die kahlen Wände ein seltsames Gefühl der Unwirklichkeit. Rechts hinter dem Perlenvorhang konnte Justus die groteske Gestalt der Spinnenfrau erkennen. Er wandte sich nach links. Da war die Tür zum Arbeitszimmer. Verschlossen? Wohl kaum – nicht, wenn Pentecost allein im Haus war. Justus drückte die Klinke herunter und die Tür ging auf.
Das Arbeitszimmer war genauso chaotisch, wie Peter es beschrieben hatte. Am Fenster stand ein großer Eichenschreib-

tisch, der in den Raum hineinragte, daneben in der Ecke ein kleiner, moderner Tisch mit Computer und Drucker. Beide Tische quollen über vor Papieren, Ordnern, Bildern und Zeitschriften, und nur eine winzige Stelle direkt vor dem bequemen Chefsessel war zum Arbeiten freigehalten. Rechts neben der Tür stand ein alter Eichenschrank mit geschlossenen Türen. Wahrscheinlich waren sie seit zehn Jahren nicht geöffnet worden, denn vor dem Schrank türmten sich drei bedrohlich schiefe Stapel Zeitschriften. In, um und neben den drei Bücherregalen, die rechtwinklig zur Wand standen, sah es nicht besser aus. Das Zimmer bot einen seltsamen Kontrast zu der sterilen Leere des Flurs und des Wohnzimmers, in dem ja nur die Statuen Leben vorgetäuscht hatten.

Justus huschte zum Schreibtisch und setzte sich auf den Stuhl. Den Computer schaltete er nicht ein – das unvermeidliche Piepsen würde wahrscheinlich durch das halbe Haus zu hören sein. Aber er schaute sich sehr genau die Unterlagen an, die dort aufgestapelt waren. Es waren hauptsächlich Akten des Transportunternehmens, aber auch Dankesbriefe des Arts & Crafts Museums für die weitere Stiftung einer Replik, Briefe eines Vereins zur Förderung der Kunst in Kalifornien, Bettelbriefe unbekannter und nach den beigelegten Fotos zu urteilen wohl auch unbegabter Künstler, Zeitschriften – und ein Ordner, auf dessen Deckel ›C. D. P.‹ stand.

Carino Daily Post!

Justus öffnete den Ordner und leuchtete mit der Taschenlampe hinein. Gleich als Erstes fand er den Artikel, den B. S. über die drei ??? geschrieben hatte, allerdings als Computerausdruck mit Rechtschreibfehlern. Darunter stand ein kurzer, handschriftlicher Kommentar.

Ich habe mich bei einem Kollegen nach den drei Jungen erkundigt. Sie heißen Peter Shaw, Bob Andrews und Justus Jonas und sind als ›Detektivnachwuchs von Rocky Beach‹ bekannt. Sie haben einen guten Ruf bei der Polizei, weil sie schon öfter eigenmächtig kleinere Straftaten aufgeklärt haben. Ich habe einen Artikel geschrieben und sie mit dem Einbruch in Verbindung gebracht. Daran dürften sie eine Weile zu knabbern haben und kommen uns vielleicht nicht mehr in die Quere. Wenn doch, sollte man über härtere Maßnahmen nachdenken. Steve Bright

Steve Bright ... S. B. ... B. S.! Justus blätterte weiter in dem Ordner, und tatsächlich wurde bei allen Artikeln der Familienname zuerst genannt. Aber den Namen kannte er doch noch aus einem anderen Zusammenhang ... was war es nur gewesen?

Dann fiel es ihm ein. Steve Bright hieß einer der Angestellten des Arts & Crafts Museums!

Aufgeregt blätterte er weiter, fand aber nichts Nützliches mehr. Er legte den Ordner zurück und grub weiter – bis das Licht der Taschenlampe plötzlich auf eine seltsame Anordnung von Zahlen, Strichen und Buchstaben fiel, die er auf dem Schreibtisch eines Kunstsammlers nicht erwartet hätte. Er beugte sich dicht darüber und versuchte, die Kombination zu entziffern. Es handelte sich um eine chemische Formel. Justus las die darunter stehenden Notizen und allmählich stellten sich alle seine Nackenhaare einzeln auf. Das war es! Der Zusammenhang, die Lösung – das, wonach er die ganze Zeit gesucht hatte! Mit zitternden Fingern zog er das Blatt heraus, faltete es zusammen und wollte es gerade in die Tasche stecken, als eine Stimme von der Tür her sagte: »Ich denke, das reicht. Oder?«

Justus erstarrte, und im selben Moment flammte gleißend hell ein Blitzlicht vom Regal her auf. Auf dem Flur sagte eine andere, wohl bekannte und mittlerweile verhasste Stimme: »Auf frischer Tat ertappt. Das ist ein tolles Bild geworden, Mr Pentecost – die ›Post‹ wird sich darüber freuen.«

Das Ende der drei ??? ?

»Sehr gut, Smith. Und morgen Früh wird es nicht nur in der ›Carino Daily Post‹, sondern auch in allen anderen Zeitungen von Los Angeles stehen«, sagte Mr Pentecost und trat ins Zimmer. Er trug nicht etwa einen Schlafanzug mit Bademantel, sondern war vollständig angezogen. In der Hand hielt er eine Pistole. »Ich bin enttäuscht, Justus Jonas. Ich hätte nicht gedacht, dass du so dumm sein würdest, in meine weit offene Falle zu tappen. Andererseits hatte ich es natürlich gehofft, denn auf diese Weise werde ich euch lästige Brut endgültig los.« Er trat noch ein paar Schritte vor und streckte die freie Hand aus. »Gib mir das.«

Wortlos reichte Justus ihm den Zettel mit der Formel. Er fühlte sich wie vor den Kopf geschlagen – wie hatte er nur so dumm sein können! Das geöffnete Tor, das offen stehende Fenster – das alles war so einladend gewesen, dass es ihn eigentlich doppelt misstrauisch hätte machen müssen.

»So, und nun rühr dich nicht von der Stelle«, sagte Pentecost. »Es gibt entschieden zu viele jugendliche Kriminelle in dieser Stadt. Die Polizei wird sich freuen zu hören, dass ich einen davon geschnappt habe.« Er grub ein Telefon aus einem Stapel Bettelbriefe und nahm den Hörer ab.

»Ach ja, rufen Sie die Polizei an«, sagte Justus in seinem überheblichsten Tonfall. »Es wird Inspektor Cotta sicher interessieren, was ich hier gefunden habe. Er ist ein guter Bekannter von mir. Ich bin nämlich ehrenamtlicher Mitarbeiter der Polizei von Rocky Beach.«

»Ach ja?«, sagte Mr Pentecost unbeeindruckt. »Das ist aber interessant. Dann zeig mir doch mal bitte den Hausdurchsuchungsbefehl, der dir die richterliche Genehmigung gibt,

in meinem Haus herumzuschnüffeln. Du als ehrenamtlicher Mitarbeiter der Polizei weißt ja sicher, dass ich selbst den Herrn Inspektor Cotta wegen Einbruchdiebstahls anzeigen könnte, wenn er sich ohne Hausdurchsuchungsbefehl Zutritt zu meinem Haus verschaffen und mein Eigentum mitgehen lassen würde. Und selbst wenn er ohne Geld- oder Gefängnisstrafe davonkäme, sähe es in seinen Akten und dem polizeilichen Führungszeugnis überhaupt nicht gut aus. Also bitte?« Er legte den Hörer wieder hin und streckte erneut die Hand aus. In der anderen hielt er unverändert die Pistole.
Justus geriet ein wenig aus dem Konzept. Bisher waren sie mit der Drohung, die Polizei zu informieren, doch immer durchgekommen!
»Ich habe keinen Hausdurchsuchungsbefehl«, sagte er. »Aber ich kann mir nicht vorstellen, dass Sie wirklich die Polizei rufen. Sie haben doch selbst am meisten zu fürchten!«
»Tatsächlich? Und was zum Beispiel?«
»Zum Beispiel die schwarze Madonna.«
»Interessant.« Das schien Pentecosts Lieblingswort zu sein. »Und warum sollte ich eine Madonna fürchten, egal ob schwarz, grün oder lila? Soweit ich weiß, ist die Madonna die Mutter Gottes. Sie bedroht die Menschen nicht, sie beschützt uns. Du solltest deine Religionskenntnisse ein wenig auffrischen, junger Mann.«
Justus biss sich auf die Lippen. Mit seinem Spott wollte der Mann ihn nur aus der Reserve locken. »Sie werden die Polizei nicht rufen«, sagte er. »Wir wissen, dass Sie diese Clowns beauftragt haben, José einzuschüchtern, damit er Ihnen die Statue zurückgibt, und die beiden Männer, die uns den Reifen zerschossen haben, arbeiten ebenfalls für Sie!«
»Ach ja?«, sagte Mr Pentecost gelangweilt. »Wie ärgerlich. Ist das alles?«

Justus zögerte. Es war verlockend, ihm jetzt haargenau zu erklären, dass ein jugendlicher Schrottplatzdetektiv seinen gesamten Plan durchschaut hatte und ihm auf die Schliche gekommen war, aber ein Instinkt warnte ihn. Pentecost hatte José eine Bande gefährlicher Schläger auf den Hals gehetzt, und er hatte so viel zu verlieren, dass er wahrscheinlich nicht zögern würde, Justus ganz aus dem Weg zu schaffen, wenn ihm klar wurde, was Justus herausgefunden hatte.

»Ja«, sagte er. »Leider. Aber ich hätte sicher ein paar Beweise gegen Sie gefunden! Wahrscheinlich ist der ganze Schrank da voller grinsender Clownsmasken!«

Smith lachte leise und selbst Pentecost grinste. Aber beide hörten auf zu grinsen, als Justus weitersprach.

»Und ich gehe jetzt. Das mit dem Foto ist Bluff. Sie können es gar nicht riskieren, die Polizei zu rufen oder irgendetwas in die Zeitung zu –«

Weiter kam er nicht. Die Pistole in Mr Pentecosts Hand bellte einmal scharf auf und dicht vor Justus' Füßen spritzte ein Steinsplitter aus dem Boden. Justus sprang zurück und erstarrte, als sich die Mündung wieder auf ihn richtete.

»Mein lieber Einbrecher«, sagte Mr Pentecost und griff nach dem Telefonhörer, »du gehst nirgendwohin. Du und ich, wir bleiben in aller Ruhe hier und warten, bis die Polizei kommt.«

Justus spürte, wie sein Herz bis in die Füße rutschte. Wie hatte er nur in so eine Falle geraten können? Und wie kam er jetzt wieder heraus? Er versuchte sich vorzustellen, was Tante Mathilda und Onkel Titus sagen würden, wenn sie ihren Neffen im Polizeirevier abholen mussten. Tante Mathilda würde toben und schimpfen, aber Onkel Titus würde wahrscheinlich nur sagen: »Ich bin enttäuscht von dir, Justus« – und das war schlimmer als alles andere. Verzweifelt dachte er nach. Irgendeinen Ausweg musste es geben!

Und dann hörte er durch das Fenster ein Geräusch, auf das er nicht zu hoffen gewagt hatte: den Ruf des Rotbauchfliegenschnäppers – das geheime Erkennungszeichen der drei Detektive. Peter und Bob waren da. Vor Erleichterung wurde ihm fast schwindlig.
»Darf ich mich setzen?«, fragte er leise und demütig.
Pentecost zuckte die Achseln. »Von mir aus. Smith, durchsuchen Sie mal seine Tasche. Vielleicht hat er ja schon die eine oder andere Kristallvase mitgehen lassen.«
»Das habe ich nicht«, sagte Justus gereizt. »Sie wissen ganz genau, dass ich kein Dieb bin!«
»Natürlich.« Pentecost lächelte ihn freundlich an. »Aber die Polizei weiß es nicht. Ich denke, wir können dir das eine oder andere Stück einfach in die Tasche stecken. Dir wird jetzt ohnehin niemand mehr glauben.«
Smith kam herein und griff nach der Tasche. Darauf hatte Justus gewartet. Blitzschnell stieß er Smith die Tasche ins Gesicht, sprang auf und warf sich mit seinem ganzen Gewicht gegen ihn. Der überraschte Mann taumelte rückwärts und geriet in Pentecosts Schussfeld.
»Vorsicht!«, schrie Pentecost und riss den Arm hoch. Ein Schuss knallte, aber Justus wartete nicht ab, was oder wen er traf. Er rannte zur Tür und stürzte hinaus. Die Bibliothek! Wenn nur das Fenster noch offen war!
Hinter sich hörte er Pentecost brüllen: »Bleib stehen oder ich schieße!«
Justus dachte gar nicht daran. Er stürmte in die Bibliothek und rannte zum Fenster, riss es auf und schwang sich hinaus, gerade als Smith in der Tür auftauchte. Draußen stand Bob, und Justus fiel beinahe auf ihn drauf. »Just! Was –«
»Weg hier!«, schrie Justus. »Wo ist Peter?«
»Hält das Tor offen!« Sie rannten los. In der Durchfahrt stemm-

te sich Peter mit ganzer Kraft gegen das elektrische Tor, um es am Zufahren zu hindern. Der MG stand mit laufendem Motor daneben. Bob und Justus warfen sich in den engen Wagen und Peter gab sofort Gas. Mit kreischenden Reifen schleuderte der MG aus der Einfahrt auf die Straße und schoss davon, gerade als in der Ferne die ersten Polizeisirenen zu hören waren.

Um halb sieben wurde Justus verhaftet. Um halb neun stand der Artikel mit Foto in sämtlichen Zeitungen; Mr Pentecost hatte offenbar alle seine Kontakte mobilisiert. Um drei Uhr bezahlten Tante Mathilda und Onkel Titus die Kaution und holten Justus aus dem Polizeirevier ab.

Entgegen Justus' Vorstellungen sagte Tante Mathilda auf der schier endlosen Fahrt nach Hause nicht viel und Onkel Titus sagte gar nichts. Erst als sie auf den Hof des Schrottplatzes rollten, drehte sich Tante Mathilda zu Justus um. »Du hast Hausarrest. Beim nächsten Schrotttransport fliegt dieser alte Wohnwagen raus. Du kannst noch rausholen, was du brauchst, aber mit dem Detektivspielen ist Schluss. Ein für alle Mal. Hast du mich verstanden?«

»Aber Tante Mathil…«

»Ich sagte, hast du mich verstanden, Justus?« Es kam selten vor, dass Tante Mathilda in diesem Ton sprach, aber wenn sie es tat, lief es Justus kalt den Rücken herunter.

»Ja, Tante.«

»Raus mit dir.«

Justus kletterte aus dem Transporter und blieb mit hängendem Kopf stehen. »Muss ich sofort ins Haus?«

»Hausarrest heißt Haus und Hof. Schließlich brauchen wir dich hier zum Helfen. Aber du setzt keinen Fuß vor das Tor!«

Onkel Titus hatte noch immer kein Wort gesagt. Er tat es auch jetzt nicht. Er wartete, bis seine Frau ebenfalls ausgestiegen war, dann fuhr er den Transporter auf seinen Parkplatz, stieg aus und ging in sein Büro. Tante Mathilda ging ins Haus und Justus schlich in die Zentrale.

Drinnen schaute er sich in dem gemütlichen Chaos um, das in den vergangenen Jahren mehr sein Zuhause gewesen war als sein Zimmer drüben im Wohnhaus.

Wie viele Fälle hatten hier ihren Anfang genommen! Wie oft hatten er, Peter und Bob hier gesessen und die verrücktesten Ideen besprochen, Pläne geschmiedet und an technischem Kram herumgetüftelt … und das sollte jetzt vorbei sein? Weder Peter noch Bob hatte angerufen, und Justus vermutete, dass ihre Eltern ihnen den Umgang mit dem »Einbrecher« verboten hatten. Dabei war er so sicher gewesen, dass er den Fall gelöst hatte – nein, er war noch immer sicher. Aber die Polizisten in Los Angeles waren nicht im Geringsten daran interessiert gewesen, was Justus ihnen über Mr Pentecost erzählt hatte. Da er die letzten endgültigen Beweise noch nicht hatte, war das auch nicht viel gewesen. Mr Pentecost hatte seine Aussage gemacht und war hohnlachend als freier Mann durch die Tür gegangen, während Justus wie ein Verbrecher abgeführt wurde.

Die Worte des Polizisten klangen ihm noch in den Ohren. »Mr Pentecost ist ein hoch angesehener Mann in Los Angeles. Man sollte dich gleich noch wegen Verleumdung anklagen!«

Auch Inspektor Cotta hatte ihm nicht helfen können. »Tut mir Leid, aber das hast du dir selbst eingebrockt. Einbrecher wird man nicht durch gute oder schlechte Absichten. Einbrecher wird man dadurch, dass man irgendwo einbricht.«

Und Justus wusste, dass er Recht hatte. Dass sie alle Recht hatten.

Aber trotzdem …

Er setzte sich auf den Stuhl am Schreibtisch. Dort lagen noch Bobs Fotos vom Carino Beach Glitter & Dust Festival. Er schob sie beiseite und zog die Computertastatur zu sich heran. Wenigstens seine E-Mails wollte er abrufen, bevor er hier alles abbaute.
Es dauerte wieder endlos lange, bis der Computer hochgefahren war. Justus öffnete das E-Mail-Programm und die Nachrichten wurden abgerufen. Werbung, Werbung, Werbung, Santanda, Werbung –
Santanda!
Plötzlich saß Justus kerzengerade. Hastig klickte er die Nachricht an.
Ich bin's, José Santanda. Bin untergetaucht. Ruft mich mal zurück – 3 23/3 57-55 23. Bin sonst aufgeschmissen.
Ganz automatisch wanderte Justus' Blick nach oben zur Decke, wo ein riesiger Stadtplan von Los Angeles klebte. 323 war die Vorwahl von Hollywood. Gar nicht so weit weg. Ebenso automatisch griff er nach dem Telefonhörer und hatte die ersten beiden Zahlen schon gewählt, bevor er stoppte.
Lange Zeit stand er einfach nur da. Schon bald verwandelte sich das erwartungsvolle Schweigen des Telefonhörers in ein lästig piepsendes Besetztzeichen. Justus hörte ihm zu und starrte ins Leere. Dann legte er den Hörer wieder auf.
Er löschte die E-Mail und fing an, die Karte von der Decke zu lösen.

Unerwartete Hilfe

Peter und Bob durchlebten zwei sehr unerfreuliche Tage in der Schule. Schon häufiger hatten die drei ??? nach Zeitungsberichten im Mittelpunkt des Interesses gestanden, aber nur selten hatten die anderen Schüler sie so auffällig gemieden und über sie getuschelt wie jetzt. Dass Justus verhaftet worden war, hatte sich wie ein Lauffeuer herumgesprochen, und sein Platz blieb auch am zweiten Tag nach seiner Freilassung leer.

In der Pause trafen sie sich zu einer Lagebesprechung.

»Was machen wir denn jetzt?«, fragte Peter düster. »Ich hab Riesenärger mit Kelly – sie sagt, sie hätte schon immer gewusst, dass mit Justus etwas nicht stimmt. Was für ein Quatsch!«

»Meine Eltern sagen das auch«, erwiderte Bob. »Ich soll nicht mal mehr mit ihm reden, wenn er wieder in die Schule kommt.«

»Warum hat er nur der Polizei nicht erzählt, was er über Pentecost und das Museum rausgefunden hat? Er sagte uns doch im Auto, dass er den Fall gelöst hätte!«

»Er sagte aber auch, dass ihm die endgültigen Beweise fehlen. Und jetzt sieh dir das hier mal an.« Bob zog einen Zeitungsartikel aus der Tasche. Peter nahm ihn und las die Überschrift: »Wieder rätselhafter Diebstahl im Arts & Crafts Museum! Spanischer Goldhelm verschwand spurlos – Polizei steht vor einem Rätsel«

»Wann war das denn?«

»Gestern Nacht«, sagte Bob. »Kurz nachdem der grüne Ford von Pentecosts Grundstück wegfuhr. Sogar die Zeiten stimmen – der Strom im Museum fiel um vier Uhr aus.«

»Das müssen wir Justus zeigen«, sagte Peter entschlossen.

»Dann handeln wir uns noch mehr Ärger ein.«

Peter seufzte. »Stimmt.«

Justus hatte sich noch nicht überlegt, was er sagen würde, wenn er wieder in der Schule auftauchte. Er verbrachte den Donnerstagvormittag damit, die Dunkelkammer auszuräumen, die sie gerade erst wieder aufgebaut hatten. Er goss die chemischen Flüssigkeiten in die Eimer zur Entsorgung, baute das Belichtungsgerät ab und verstaute es in der Werkstatt. Dann nahm er den Tisch auseinander und stapelte das Holz am Zaun. Gerade fing er an, die Kabel des Computers abzuziehen, als er Onkel Titus über den Schrottberg nach ihm rufen hörte.

»Justus! Besuch für dich!«

Peter! Bob! Er hatte gewusst, dass sie ihn nicht im Stich lassen würden! Aber warum kamen sie nicht durch das Grüne Tor? Rasch kletterte er durch die Zentrale in den Wellblechgang, schob die Rückwand des Kühlschranks beiseite, öffnete die Kühlschranktür und kletterte hinaus.

Aber es waren nicht Peter und Bob, die an der Tür von Onkel Titus' Büro auf ihn warteten, sondern eine kleine, rundliche, mexikanisch aussehende Frau, die er noch nie gesehen hatte. Sie trug ein buntes Kleid und ein rotes Kopftuch und hatte eine riesige Handtasche aus abgewetztem schwarzem Leder unter dem Arm. Onkel Titus plauderte so unbefangen mit ihr über das Glitter & Dust Festival, als hätte er sich dort nie im Unfrieden verabschiedet. Als Justus näher kam, unterbrach er sich. »Da ist ja mein Neffe. Justus, dies ist Señora Fernanda Gonzales, die mit dir reden möchte.« Er klang weniger gutwillig als sonst und Justus hörte die Warnung in den wenigen Worten.

»Danke, Onkel Titus.« Er wandte sich an die Frau und lächelte nichtssagend. »Wie kann ich Ihnen helfen?«

Onkel Titus verschwand in seinem Büro, und Señora Gonzales, die ihm einen Moment lang nachgeschaut hatte, wandte sich nun Justus zu. »Die Frage ist, wie ich dir helfen kann.« Sie hatte eine überraschend energische Stimme. »Ich habe in der Zeitung gelesen, dass du bei Mr Pentecost eingebrochen und verhaftet worden bist. Warum hast du das getan?«

»Ermittlungen«, antwortete Justus kurz.

»Ihr seid also wirklich Detektive?« Sie lachte ein wenig. »Habt ihr die Statue gefunden?«

»Nein.« Justus holte tief Luft. »Und ich muss Ihnen leider sagen, dass ich nicht weiter ermitteln werde.«

»Ärger, hm?« Señora Gonzales nickte und warf ihm einen beinahe lauernden Blick zu. »Nun, mein Mann hat euch ja gewarnt, dass es nur Unglück bringt, die Statue zu suchen.«

»Das hatte nichts mit Unglück zu tun, sondern nur mit – äh – unzureichenden Ermittlungsmethoden.«

Diesmal lachte sie wirklich. »Du bist also nicht abergläubisch?«

»Nicht im Geringsten«, antwortete Justus mit Nachdruck. »Und ich muss Sie leider bitten, wieder zu gehen. Ich habe noch zu tun.«

»Ja, natürlich.« Sie nickte wieder. »Was wolltest du eigentlich von meinem Mann wissen, dass du ihn so in Panik versetzt hast?«

»Das ist jetzt nicht mehr wichtig.«

»Doch, das ist es«, sagte sie sehr energisch. »Ich glaube nicht daran, dass man Angst haben sollte. Wenn es ein Problem gibt, muss man es lösen. Und wir haben ein Problem. José hat uns angerufen und gesagt, dass ihr auf seine E-Mail nicht reagiert. Ich habe den jungen Mann sehr gern, er ist ein guter Nachbar, und ich weigere mich, vor ein paar Halunken Angst zu haben, die sich einfach darauf verlassen, dass man sie vor lauter Angst nicht verraten wird. Ich würde diese Statue auch selbst suchen, wenn mein Mann bei dem Gedanken nicht völlig außer sich geraten wäre.« Sie reckte sich ein wenig und tippte Justus gegen die Brust. »Wir werden zusammenarbeiten.«

Justus warf einen verzweifelten Blick auf Onkel Titus' Büro und kämpfte heldenhaft gegen die Versuchung an. »Ich sagte Ihnen doch, dass ich nicht weiter ermitteln –«

»Haben deine Eltern es dir verboten?«

»Sie sind nicht meine Eltern, aber – ja, sie haben es mir verboten.«

In diesem strategisch ungünstigen Augenblick trat Tante Mathilda aus dem Haus. »Justus! Komm zum Essen!«

»Tut mir Leid«, sagte Justus zu Señora Gonzales und setzte sich in Bewegung. »Ich kann wirklich nichts mehr machen. Auf Wiedersehen!«

Er machte sich auf den Weg zum Haus und sah, wie das Gesicht seiner Tante immer finsterer wurde, je näher er ihr kam. Woran das lag, merkte er erst, als sie über seine Schulter starrte und mit drohendem Unterton sagte: »Kann ich Ihnen behilflich sein, Madam?«

Er drehte sich um und entdeckte Fernanda Gonzales, die ihm gefolgt war und jetzt fröhlich zu Tante Mathilda hoch lächelte. »Mrs Jonas, ja? Ich bin Fernanda Gonzales. Ich freue mich sehr, Sie kennen zu lernen!«

»Danke«, sagte Tante Mathilda kurz. »Komm herein, Justus, das Essen wird kalt. Falls Sie etwas kaufen möchten, Señora Gonzales, wenden Sie sich bitte an meinen Mann, der Ihnen gerne –«

»Nein, danke, ich möchte nichts kaufen.« Señora Gonzales blieb unverändert freundlich. »Ich möchte Ihnen zu diesem sehr hilfsbereiten und gut erzogenen Jungen gratulieren. Sicher haben Sie gehört, wie selbstlos er und seine Freunde sich für unseren Nachbarn, den armen José, eingesetzt haben?«

Auf Tante Mathildas Gesicht spielten sich ein paar Kämpfe ab, bevor sie endlich mühsam »Danke« sagte.

Justus wartete nicht ab, wie sich dieses Treffen der Naturgewalten weiterentwickelte. Er schlüpfte an Tante Mathilda vorbei und ging in die Küche, wo er zwei große Hamburger verdrückte und sich andauernd sagte, dass er sich keine Hoffnungen machen durfte. Es würde Señora Gonzales nie gelingen, seine Tante umzustimmen.

Nach etwa zehn Minuten kam Tante Mathilda in die Küche. Sie blieb in der Tür stehen und musterte ihren Neffen, als sähe sie ihn plötzlich in einem ganz anderen Licht. Dann ging sie zum Kühlschrank und begann darin herumzukramen. »Das ist tatsächlich eine sehr nette Frau.«

Justus traute seinen Ohren nicht.

»Sie hat mir ein paar Dinge erklärt«, fuhr Tante Mathilda fort, nahm den Kopf aus dem Kühlschrank und drehte sich um. »Ich muss sagen, dass ich diese Detektivspielerei nach wie vor nicht gut heißen kann. Aber ich gebe durchaus zu, dass ihr dadurch schon sehr vielen Leuten geholfen habt.«

»Danke, Tante Mathilda«, sagte Justus.

»Trotzdem möchte ich dich nie wieder von einem Polizeirevier abholen müssen.«

»Nein, Tante Mathilda.«

»Und wenn ich es recht überlege, brauchen wir den Platz da am Zaun gar nicht so dringend … ich wüsste sowieso nicht, wohin mit dem ganzen unbrauchbaren Schrott.« Durchdringend musterte sie ihren Neffen. »Ich werde mit deinem Onkel darüber reden.«

Justus stand auf, ging zu seiner Tante hin und umarmte sie und sie erwiderte die Umarmung einigermaßen überrascht. Als er sie wieder losließ, sagte sie: »Also lass Señora Gonzales gefälligst nicht noch länger im Hof warten. Das ist sehr unhöflich.«

Justus flitzte nach draußen.

Señora Gonzales wartete durchaus nicht im Hof, sondern stöberte mit größtem Interesse durch die Bücherkisten unter dem Dach, das rings um den Schrottplatz verlief. Sechs Bücher über die Geschichte Kaliforniens lagen bereits auf einem Stapel neben ihr. Als sie Justus kommen sah, richtete sie sich auf und lächelte ihm freundlich zu. »Was für wunderbare Dinge ihr hier habt! Ich muss unbedingt noch einmal mit meinem Mann hierher kommen. Und deine Tante ist eine ganz reizende Dame, sie hat mich zum Kaffee eingeladen.«
»Ich habe keine Ahnung, wie Sie das gemacht haben«, sagte Justus, »aber ich bin Ihnen sehr dankbar.«
»Dankbar? Wofür? Schließlich hilfst du ja uns. Darfst du mir also jetzt deine Fragen stellen?«
»Ja. Obwohl ich jetzt gar nicht mehr so viele Fragen habe. Wo ist José?«
»Das wollte er uns leider nicht sagen. Er hat zu viel Angst vor Pentecost und seinen Schlägern.«
»Verstehe. Hören Sie, würden Sie sich ein paar Fotos ansehen?«
»Natürlich.«
Justus flitzte durch das Kalte Tor in die halb ausgeräumte Zentrale. Noch immer konnte er kaum glauben, dass dieser Alptraum vorbei war. Um die Fotochemikalien war es natürlich schade … aber es wurde sowieso Zeit, dass die drei ??? sich eine Digitalkamera zulegten. Er griff nach den Fotos, die Bob auf dem Tisch liegen gelassen hatte, und war im Nu wieder bei Señora Gonzales, deren Bücherstapel um drei dicke Bildbände gewachsen war.
»Hier. Bitte sehen Sie sie durch und sagen Sie mir, ob Ihnen jemand darauf bekannt vorkommt.«
Señora Gonzales schaute sich die Fotos an. »Ach, das Glitter & Dust. Mir ist das dort ja immer zu voll. Aber es gibt schöne Dinge zu kaufen … den Mann da kenne ich.« Sie hielt Justus

ein Foto hin. Es zeigte Pentecost, den Mann, der den Reifen zerschossen hatte, sowie einen dritten, der von einem Eisverkäufer halb verdeckt wurde.
»Welchen?«, fragte Justus. »Den kleinen Dicken oder den Kerl im T-Shirt?«
»Weder noch. Den daneben. Das ist der Mann, der kurz vor den Einbrechern in Josés Wohnung gegangen ist. Er heißt Martin Sheffers. Er arbeitet als Nachtwächter im Page Museum.«
Das war das letzte Puzzleteil. Justus schluckte hart. »Sind Sie ganz sicher, dass er in Josés Wohnung war?«
»Sí. Wir kennen Martin, er hat José schon öfter besucht.«
»Aber Ihr Mann sagte doch, dass José keine Gringos als Freunde hat.«
Señora Gonzales betrachtete ihn völlig ausdruckslos. »Ich habe nicht gesagt, dass Martin Sheffers ein Freund von José ist.«
»Dann hat er die Madonna mitgenommen?«
»Sí. Wir haben nicht gewagt, ihn aufzuhalten.«
»Und wer hat die Wohnung verwüstet?«
»Das waren die Clowns, als sie nicht gefunden haben, was sie suchten. Und weißt du, was seltsam ist?«
Justus fand den Tonfall merkwürdig. »Nein. Was denn?«
»Martin Sheffers ist auch einer von den Clowns«, sagte die Frau. »Und zwar der am allerwenigsten lustige. Mein Mann hat ihn erkannt, als die Clowns nach draußen rannten.«
»Aber dann …« Justus dachte fieberhaft nach. »Dann spielt Sheffers ein doppeltes Spiel. Erst klaut er die Madonna und dann tut er so, als würde er sie mit den anderen suchen?«
»Ja, das kam uns auch merkwürdig vor.«
»Ich muss sofort mit meinen Kollegen reden. Vielen Dank, Señora! Wenn José sich wieder meldet, sagen Sie ihm bitte, dass der Fall gelöst ist!«

»Ist er das?« Señora Gonzales lachte. »Dann ist es ja gut. Dann kann ich ja in Ruhe noch ein paar Bücher aussuchen.«
Die letzten Worte hörte Justus nicht mehr. Er rannte schon ins Haus, um seine Tante zu suchen.

La Brea

Wenige Minuten später klingelte das Telefon der Familie Andrews. Bob sprang wie ein Panther los, aber seine Mutter war schneller und nahm den Hörer ab. »Andrews. Oh. Guten Tag, Justus.« Ihre Stimme kühlte ganz plötzlich merklich ab. »Nein, er ist nicht zu sprechen. Jedenfalls nicht für – Mrs Jonas?« Bob horchte auf. Seine Mutter hörte schweigend eine Weile zu. Endlich sagte sie: »Also gut, ich sage es ihm. Auf Wiederhören, Mrs Jonas.« Sie legte auf. »Justus möchte, dass du zum Schrottplatz kommst. Ich finde, du solltest hier bleiben. Nach allem, was passiert ist –«

Sie sprach zu einem leeren Raum. Bob war schon unterwegs. Vor dem Tor des ›Gebrauchtwaren-Centers T. Jonas‹ fuhr er beinahe Peter über den Haufen, der auf seinem Rennrad um die Ecke schoss. Gleich darauf riss Justus die Beifahrertür auf und rutschte auf den Rücksitz. »Fahr los! Peter, steig ein, schnell!«

Peter warf sein Rennrad beiseite und stieg ins Auto. Noch ehe er sich angeschnallt hatte, fuhr Bob los. »Wohin eigentlich?«

»Zum Museum.«

»In Ordnung.« Bob gab Gas. »Sehe ich das richtig, dass alles wieder in Ordnung ist?«

»Nicht nur das, ich habe das Rätsel um die Madonna gelöst.« Jetzt, da sie unterwegs waren, erlaubte sich Justus einen tiefen Seufzer der Erleichterung. »Fahr schneller!«

»Das hier ist noch immer ein Käfer«, sagte Bob. »Und Madonna hin, Fall her, ich hole mir keinen Strafzettel!«

»Nun hört doch mit dem blöden Käfer auf!«, rief Peter. »Was hast du herausgefunden, Just?«

»Alles«, sagte Justus selbstzufrieden. »Ich weiß, warum Josés Madonna schwarz ist, warum Pentecost sie unbedingt wiederhaben will und wie die Diebstähle im Museum begangen wurden.«

»Das klingt gut«, sagte Bob. »Peter, hast du den Artikel?«

»Ja, hier.« Peter zog den Zeitungsartikel aus der Tasche und hielt ihn Justus hin. »Gestern Nacht warst du nämlich nicht der einzige Einbrecher, Just.«

Justus überflog den Artikel und nickte. »Dachte ich mir. Und wenn wir jetzt sehr schnell sind, können wir ihnen den Helm vielleicht noch abjagen!«

»Wieso? Weißt du denn, wo er ist?«

»Ja.«

»Und wo? Noch im Museum? Da wurde doch alles durchsucht!«

»Nein, nicht alles.« Justus grinste. »Das beste Versteck haben sie übersehen.«

Diesmal war Bob schlauer und fuhr durch kleinere, weniger belebte Straßen von Norden an den Museumspark heran. Er ließ den Käfer auf den Parkplatz rollen. »Weit und breit kein dunkelgrüner Ford.«

»Und auch kein Lastwagen«, ergänzte Peter.

»Nein«, sagte Justus. »Aber diesmal können sie es sich nicht leisten, noch einmal ein ganzes Jahr zu warten, bis sie die Beute abholen, und das müsste Pentecost auch wissen. Kommt!«

Sie liefen den Weg entlang, aber statt zum Arts & Crafts oder zum George C. Page Museum abzubiegen, ging Justus zielstrebig weiter geradeaus.

»Wo gehen wir eigentlich hin?«, fragte Peter.

»Zum Teich.« Justus zeigte nach vorne, wo die glänzende, dunkle Oberfläche des Teiches zwischen den Palmen zu sehen war.

»Warum?«

»Weil es ein ganz besonderer Teich ist.«

»Nun sag doch endlich, was du in Pentecosts Büro gefunden hast!«
»Ganz einfach«, sagte Justus. »Ein paar chemische Formeln.«
»Welche denn?«
»Monochlorbenzol, Trichlorethylen und Triethanolamin. Und damit war natürlich alles klar.«
Ein paar Meter weit herrschte Schweigen. Dann sagte Bob: »Das sind so Augenblicke, in denen ich dich am liebsten in den nächsten Teich werfen würde. Zufällig ist hier gerade einer. Komm, Peter, hilf mir mal.«
Justus grinste. »Lasst das lieber bleiben. Wisst ihr, was man aus Monochlorbenzol, Trichlorethylen und Triethanolamin herstellt?«
»Blumentöpfe?«, sagte Peter sarkastisch.
»Nein. Lösungsmittel zur Teerentfernung. Und das da vorne ist kein normaler Teich. Wir befinden uns hier mitten im Gebiet von La Brea – einer natürlichen Teergrube, in der über Jahrtausende hinweg die verschiedensten Tiere ums Leben gekommen sind. Da drüben im George C. Page Museum werden diejenigen, die man wiedergefunden hat, ausgestellt – Mammuts, Säbelzahntiger, Riesenfaultiere und so weiter.«
»Teer?«, wiederholte Bob verblüfft. »Aber was hat das mit der Madonna und dem Goldhelm zu tun?«
»Denk mal nach«, sagte Justus. »Die Madonna war nicht schwarz, solange sie im Museum stand. Sie war aber schwarz, als sie bei Pentecost auf dem Speicher landete – ruiniert und wertlos, für seine Sammlung nicht mehr zu gebrauchen. Aber wieder nicht so wertlos, dass er sie José einfach hätte überlassen können. Und er beschäftigt sich mit Möglichkeiten zur Teerentfernung. Na?«
Peter runzelte die Stirn. »Du meinst – die Madonna ist beim Abtransport in die Teergrube gefallen? Aber –«

»Nicht ganz. Sie wurde in der Teergrube versteckt, genau wie alle anderen gestohlenen Gegenstände. Natürlich konnte man sie nicht einfach hineinwerfen – kein Taucher würde in diesen Teich hineinspringen! Also brauchte man einen großen, aber trotzdem unauffälligen Behälter.« Justus blieb stehen und schaute sich suchend um. »So etwas wie das da hinten.«
Peter und Bob folgten seinem Blick. »Ich sehe nur die …« Bob stockte. »Du denkst doch nicht –«
»Doch«, sagte Justus. »Genau das denke ich.«
Schwarz und ölig glänzend lag der Teersee vor ihnen. An seinem Ufer standen ein großes und ein kleines Mammut aus Beton. Ein weiteres Mammut war schon zur Hälfte im Teer versunken; in seinem verzweifelten Kampf reckte es Kopf und Rüssel zum Himmel. Immer noch brodelte und blubberte der Teer. Dicke Blasen zerplatzten auf der Oberfläche. Ein stechender, chemischer Geruch lag in der Luft. Es war eine gespenstische Szene – und sie wurde noch seltsamer durch die Tatsache, dass nur wenige Meter entfernt der Verkehr auf dem Wilshire Boulevard an ihnen vorbeibrauste und die Wolkenkratzer auf der anderen Straßenseite in den Himmel ragten. An dieser Stelle trafen fünfzehntausend Jahre Geschichte aufeinander: lange vergangene Todeskämpfe auf das tosende Leben einer Großstadt Amerikas.
Ein zweites kleines Mammut war ganz nahe am Ufer ebenfalls zur Hälfte im Teer versunken.
»Spinnst du?«, sagte Peter. »Wie soll man denn da etwas verstecken? Die werden doch jeden Tag von Tausenden Touristen angeglotzt – jeder würde sofort sehen, wenn da etwas vergraben oder druntergestellt würde!«
»Weder vergraben noch druntergestellt. Kommt euch das da nicht bekannt vor?« Justus zeigte auf das kleine Tier, das bis zum Bauch im dunklen, öligen Wasser stand.

»Warte mal«, sagte Bob. »Das ist das kleine Mammut, dessen Rüssel abgebrochen war! Das zur Reparatur abgeholt wurde!«
»Richtig«, sagte Justus.
»Das ging aber schnell mit der Reparatur.«
»Auch richtig. Ich habe im Museum angerufen und nachgefragt. Am Sonntag wurde es abgeholt und am Dienstagabend stand es schon wieder an seinem Platz. Und abgeholt wurde es im Auftrag der Replikatorin Sybil Manning!«
»O.k., wir sind beeindruckt«, sagte Bob. »Und was hat das mit unserem Fall zu tun?«
»Wirst du gleich sehen. Kommt!«
Sie schlichen durch das mannshohe Schilf, das um den Teersee herum wuchs. Peter trat in eine glänzend schwarze Pfütze und zog den Fuß mit einem unterdrückten Fluch wieder heraus.
»Justus! Noch ein paar Schritte und wir gehen unter!«
»Kann nicht sein«, flüsterte Justus zurück. »Hier sind schon öfter Leute entlanggegangen.«
»Ja, und nie wieder zurückgekommen!«
»Ach, Unsinn!«
Aus der Nähe sahen die Mammuts wie äußerst knochige Elefanten aus. Das große Tier am Ufer stand bis zum Bauch im Schilf. Justus warf einen Blick über den Teich. Am anderen Ufer stand ebenfalls ein Mammut. Gleich dahinter stand das Arts & Crafts Museum. »Ich stelle es mir so vor, dass der Dieb den gestohlenen Gegenstand in einen wasserfesten Sack gesteckt und dort hinten in den Teich geworfen hat. Ein anderer hat den Sack dann an einem Seil hier herübergezogen. Vielleicht gab es auch einen Mechanismus. Und dann hat er den Sack in dem kleinen Mammut versteckt, bis die ganze Aufregung vorbei war. Als Replikatorin konnte Mrs Manning leicht eine Figur bauen, die hier nicht auffiel. Hilf mir mal, Peter.« Er zog ein Seil aus der Tasche. »Wir brauchen ein Lasso.«

»Ja, dafür bin ich gut genug«, sagte Peter grinsend und nahm ihm das Seil ab. »Soll ich das Vieh ans Ufer ziehen?«
»Ja, bitte.«
Beim zweiten Versuch legte sich die Schlinge über den erhobenen Rüssel des Tieres und die drei ??? zogen es mit vereinten Kräften aus dem zähen Teer.
Justus beugte sich darüber. »Eigentlich müsste ... ah. Hier ist es.« Er schob die Hand ein wenig vor. Etwas klickte, und plötzlich öffnete sich in dem teerverschmierten Bauch der Replik ein Fach.
»Ein Geheimfach?«, rief Peter. »Wie bist du denn darauf gekommen?«
»Es konnte gar nicht anders sein«, sagte Justus sehr zufrieden. »Nachdem mir klar geworden war, dass die schwarze Farbe der Madonna nichts anderes ist als Teer, war der Rest sehr einfach. Vermutlich ist die Umhüllung, in der sie lag, undicht geworden, und der Teer drang in die Verpackung ein und zerstörte die gesamte Bemalung. Erinnert ihr euch an den chemischen Geruch in Josés Wohnung? Das war Teer. José hat monatelang die giftigen Dämpfe eingeatmet und ist davon krank geworden.«
»Stimmt«, sagte eine Stimme hinter Peter, und etwas klickte. »Teer ist nämlich äußerst gesundheitsschädlich, wie ihr gleich merken werdet.«
Aus dem Schilf traten vier Männer. Sie trugen Clownsmasken, und das erstarrte Grinsen wirkte noch scheußlicher als vor einer Woche auf dem Pier. In den Händen hielten sie Pistolen.
»Nehmen Sie doch die albernen Masken ab«, sagte Justus unerschrocken. »Ich glaube, dass ich sowieso weiß, wer Sie sind. Brian Smith, Martin Sheffers, Steve Bright und der Mann fürs Grobe, der gerne Löcher in Autoreifen schießt. Nur haben Sie heute Ihr hässliches gelbes T-Shirt nicht an. Aber das blaue da ist genauso hässlich.«

Der Mann antwortete nicht, sondern starrte Justus nur aus harten Augen in der grinsenden Maske an.
»Große Töne, Dicker«, sagte Smith. »Heb sie dir für später auf – so in fünfzehntausend Jahren, wenn ihr vielleicht gefunden werdet. Los, hol das Paket aus dem Vieh und gib es her.«
Justus zögerte. Peter und Bob warfen verzweifelte Blicke zur Straße. Es war zum Verrücktwerden – nur wenige Schritte entfernt gingen Leute vorbei und ahnten nichts von dem, was hier vorging! Die vier Männer wurden durch den Körper des großen Mammuts abgeschirmt. Im Straßenlärm würden wahrscheinlich nicht einmal die Schüsse besonders auffallen.
»Los schon!«, sagte Smith und hob die Pistole. »Eins, zwei –«
»Ich mache es ja schon«, sagte Justus wütend. »Aber weit kommen Sie nicht. Die Polizei wird jeden Moment hier sein!«
»Kann sein«, sagte Smith. »Aber dann ist es für euch auf jeden Fall zu spät. Ich hatte euch doch gewarnt, euch nicht einzumischen.«
»Warum sind Sie denn eigentlich hier? Sonst haben Sie doch immer ein Jahr gewartet, bevor Sie das Mammut ›zur Reparatur‹ abgeholt haben!«
»Wir hatten das hässliche Gefühl, dass hier drei kleine Schnüffler unterwegs sein könnten. Und jetzt habe ich endgültig genug von dir.« Smith drückte ab. Mit einem leisen Plopp schlug die Kugel dicht vor Justus' Füßen ein. »Der nächste Schuss geht höher, wenn du nicht augenblicklich –«
»Lassen Sie die Waffen fallen!«, brüllte eine Stimme. »Polizei! Sie sind umstellt!«
Die Männer erstarrten. Im nächsten Moment hechteten sie auseinander. Smith packte Peter, der ihm den Ellbogen in den Magen rammte, der Mann im blauen T-Shirt rannte durch das Schilf davon, einer warf sich unter das Mammut und der vierte griff nach Justus. Justus sprang zur Seite und der Mann stol-

perte und fiel mit einem Aufschrei in den Teer. Geistesgegenwärtig warf Justus ihm das Ende des Seils zu und der Mann krallte sich daran fest. »Hilfe!«, schrie er. »Hilfe! Holt mich hier raus!«

Plötzlich waren überall Polizisten. Smith und der Mann, der sich unter dem Mammut versteckt hatte, wurden überwältigt. Der dritte wurde nach kurzer Jagd eingefangen und mit vereinten Kräften zogen drei Polizisten den vierten aus dem Teer. Justus griff in das Innere der Statue und holte ein ovales, mit vielen Leinbinden umwickeltes Paket heraus. Vorsichtig wickelte er es aus, bis nach einigen Metern Leinwand schließlich der goldfunkelnde Helm zum Vorschein kam.

»So«, sagte er zufrieden. »Geht doch.«

Ende & Aus

»Und wo war nun die Madonna?«, fragte Inspektor Cotta am folgenden Dienstag.
»Im Schuppen von Mrs Manning«, antwortete Bob. »José hatte sie zwar gestohlen, aber mehr tat er nicht, weil er sich zu sehr vor Pentecost fürchtete. Martin Sheffers – das ist Mrs Mannings Sohn aus erster Ehe – sah aber eine Gelegenheit, schneller und einfacher an Geld heranzukommen, und beschloss, ein doppeltes Spiel zu treiben und Pentecost zu erpressen. Nachdem die vier Ganoven José ins Wasser geworfen hatten, trennte sich Martin von ihnen. Er brach in Josés Wohnung ein und nahm die Madonna mit. Dabei sah ihn der Nachbar, Tonio Gonzales. Sheffers schüchterte ihn gehörig ein und verschwand. Später kam er dann mit den anderen drei Clowns zurück – in Pentecosts Auftrag. Und natürlich tat er so, als sei er furchtbar wütend, weil die Madonna verschwunden war.«
»Zu Hause hat er dann versucht, den Teer zu entfernen«, sagte Peter. »Aber dabei hat er die Bemalung wahrscheinlich völlig zerstört.«
»Das Museum will sie natürlich trotzdem wiederhaben«, sagte Cotta. »Ich habe sie mir angesehen – ein schönes Stück. Hoffentlich kann sie noch restauriert werden.«
»Wurden Mr Pentecost und Sybil Manning schon verhaftet?«, fragte Justus.
Cotta nickte. »Pentecost war der Auftraggeber, aber Mrs Manning war der Kopf der Bande – sie hatte die Idee, ihren Sohn im George C. Page Museum einzuschleusen. Keiner verdächtigte die Angestellten des Nachbarmuseums, und Martin konnte in aller Ruhe die Beute verpacken und in der Mammutstatue verstecken. Steve Bright war dafür zuständig, im richtigen

Moment die Kameras und Lampen auszuschalten, und er war auch derjenige, der sich am Pier so geistesgegenwärtig als Reporter ausgegeben hat, um herauszufinden, wer Peter ist. Der Mann fürs Grobe heißt Jim Farrell. Er hat die Schätze gestohlen und an Martin weitergegeben. Und Brian Smith hat die Museumstransporte organisiert und im Vorfeld die besten Stücke ausgesucht, die später gestohlen werden sollten. Alles klappte reibungslos, bis Martin die Madonnenstatue falsch verpackte. Der Teer ruinierte sie und Pentecost konnte sie für seine Sammlung nicht mehr brauchen. Er brachte es aber nicht übers Herz, sie zu zerstören, sondern lagerte sie auf seinem Speicher.«

»Wo José sie fand«, ergänzte Peter. »Er glaubte, sie sei nichts mehr wert, fand sie aber schön und nahm sie mit. Aber dann versteckte er sie doch nur unter seinem Bett – fast sieben Jahre lang. Von den giftigen Teerdämpfen wurde er krank, glaubte aber, es sei ein Fluch, sozusagen als Strafe für den Diebstahl –«

»– den Pentecost erst vor wenigen Monaten bemerkte«, führte Bob fort. »Dann wurde die Auftragslage schlecht und José wurde entlassen. Kurz danach wurde Pentecost klar, dass José die Madonna mitgenommen hatte, und er fing an, ihm zu drohen. José bekam Angst, leugnete aber standhaft, die Madonna zu besitzen. Pentecost glaubte ihm nicht und schickte ihm die vier Clowns auf den Hals.«

»Und Martin Sheffers besuchte José allein und redete ihm so lange zu, bis José ihm sagte, wo die Madonna war«, sagte Justus. »Er hatte ein Doppelspiel geplant – er wollte genau das tun, was José nicht wagte, und Pentecost erpressen. Als Smith die Geduld verlor und José vom Pier ins Wasser warf, merkte Sheffers, dass es eng wurde. Er setzte sich ab und fuhr allein in die Laguna Street. Dort klaute er die Madonna und versteckte sie. Später kam er dann mit den drei anderen zurück. Aber dann ging es José im Krankenhaus plötzlich so schlecht, dass Sheffers Angst bekam, an einem Mord beteiligt zu sein, und er ließ den Plan mit der Erpressung fallen.«

»Da wir gerade von José sprechen«, sagte Cotta. »Ihr könnt euch noch bei ihm bedanken. Er hat ausgesagt, dass er euch tatsächlich erlaubt hat, die Wohnung zu betreten. Und was deinen Einbruch bei Pentecost angeht, Justus …«

»Ich weiß schon«, sagte Justus seufzend. »Ich habe mich falsch verhalten und Sie wollen, dass ich Ihnen den Ausweis zurückgebe.« Er zog den Ausweis der »Freien Mitarbeiter der Polizei von Rocky Beach« aus der Tasche und legte ihn auf den Tisch. »Bitte schön. Es tut mir Leid.«

»Das sollte es auch.« Cotta nahm den Ausweis und legte ihn in eine Schublade seines Schreibtischs. »Du hast zwar den richtigen Riecher gehabt, bist aber ein wenig über das Ziel hinausgeschossen. Ich musste mir ein paar sehr unfreundliche Fragen meiner Kollegen aus Carino Beach anhören und du kannst dich glücklich schätzen, dass Pentecosts Anzeige gegen dich jetzt nicht mehr aufrechterhalten wird, nachdem er nun selbst im Gefängnis sitzt.«

Justus traute seinen Ohren nicht. »Es gibt keine Anzeige?«

»Nein. Was soll ich also mit diesem Ausweis?« Inspektor Cotta öffnete die Schublade wieder, fischte den Ausweis heraus und warf ihn Justus zu. »Und jetzt raus!«